In Memory of

Mr. Robert F. Kuan

and

Mr. Wong Shiu Hung

人生就像一場旅行，不必在乎目的地，
在乎的是沿途的風景以及看風景的心情，讓心靈去旅行。
一個人，一條路，
人在途中，心隨景動，
從起點，到盡頭；
也許快樂，或有時孤獨。

推薦序

鄧達智

一眼瞄到司徒衛鏞新書《旅途的味道》目錄最後一項；碉樓就讓子彈飛……腦海忽爾浮現一個已從香港社交名錄中消失久遠的名字：司徒關佩英。司徒、關，廣東江門市開平赤坎大族之二，不少「金山阿伯」皆為司徒、關後人。相信除卻「佩英」，還有不少赤坎姐妹婚後隨夫姓，成為「司徒關」或「關司徒」！

司徒、關讓我也聯想外貌猶如加利福尼亞、墨西哥、中南美洲風格的開平碉樓。與那些一九四九年後，移居香港，具備美加台山、開平、恩平、新會親屬關係，等候團聚移民簽證的我的同窗，一般租賃原居民的菜田或荔枝園，轉作養雞場謀生。他們中間還有不少姓伍。香港姓關的名人中，還有誰比正宗「黃飛鴻」關德興師傅更名聞遐邇？司徒呢？筆者熟悉的當然《旅途的味道》作者，前廣告界、漫畫界、牛仔褲時裝界……身份多重名士——司徒衛鏞。

標題〈碉樓就讓子彈飛〉，電光火石間帶我立時回到時空交錯的水口鎮；著名水口腐乳、跟黃淑儀姐姐為無綫電視在她四邑家鄉以台山話拍攝收視率極高飲食節目、柴火煲仔飯……還有筆者永恆思念，開平台山交界赤水鎮，樸素貼地新世界飯店以本地絲苗米、水稻田及河涌裡捕捉的野生黃鱔炮製正宗「台山黃鱔飯」。那些年工作大本營設於廣州天河區，偷得浮生半日閒；遊走南、番、順、中山、開平、台山、三水、九江、肇慶……除卻風景如畫古村古鎮，更有特色小吃飯菜將胃口牢牢吸引；番禺沙灣首創薑汁撞奶、順德大良雙皮奶、肇慶裹蒸糉、中山蘆兜糉、已經不再合法吃用的禾花雀、順德馳名各式河魚食制；心頭至好：台山煲仔黃鱔飯！

司徒衛鏞旅途的味道，何止四邑開平家鄉菜？新書內容遍佈全球，不乏詩情畫意，單單名字聽來已叫人暈浪：馬踏春泥半是花／最是橙黃橘綠時／星月泡饃香／舌尖上的麗江／北迴歸線上的綠洲／隱在深山的廢屋……書中行腳遍佈全球；日本、菲律賓、俄羅斯、加拿大、英國、西班牙、意大利、中國內地等，所及菜式近乎包羅萬象，日本通的司徒筆下京都風物，相對頭號京都粉絲的筆者，簡直對接到了家門口。京都，中國人禮失求諸野，尋找我國就算未完全失落也已七零八落的唐、宋風貌的世上一流地標。菲律賓的西班牙食品是百分之九十九點九外方人沾不到邊的遺珠，讀着司徒的解讀，馬尼拉那些年 Greenbelt 酒吧咖啡館 Library 西班牙原形濃稠朱古力的香氣，除非回去安達盧西亞 Sevilla，別處所無！文字更帶領延伸到在下地老天荒的心儀 Churros，西班牙油炸鬼，伴隨朱古力同吃，西班牙人絕配的早餐，首次得嚐是在西班牙Victoria省鄉野路旁，數十年前帶我回到舌尖上香港家鄉的油炸鬼香氣，離家多年思鄉之情一擁而上，邊吃邊淚流披面的境況永不消忘！

讀〈隱在深山的廢屋〉更覺靈性通達；隱居、深山、廢屋……吾心之嚮往。司徒友人廣東西南茂名家鄉的百年老屋，十六小時來回的車程（始發深圳），直奔瀕臨南中國海之天涯海角。先被「百年老屋」四字吸引，在下對老屋亦具深情，家傳三百年祖屋，來到了在下肩膀，多年維修執拾花費不貲。司徒在文中說得好，老屋送給你都要喊三聲。在下曾經在西班牙南部安達盧西亞，因緣際會購下離格蘭納達半小時車程橙香杏仁香山林間，寬敞通透橙紅瓦頂白牆更有山泉小泳池村屋，殸焓焓裝修打理不亦樂乎，屋子弄好了，未住過幾回，只嫌路途遙遠。

人分多種，有人獨喜高樓大廈新房子，身處老屋未打量佈置格局與建築風格，卻被蚊子毛蟲嚇怕，一切趣味全數壓制，更不用提鄉里人視為山珍野味的「竹鼠」！聽見「鼠」字已嚇個半死，無力細究與別不同的滋味。吾鄉屏山背後，遙望后海灣及深圳河北岸丫髻山，一千年前鄧族自中原落戶南方一隅，源由將祖上數代骸骨安葬風水寶地。自此族人散佈元朗平原、新界、深圳河以北寶安、東莞、中山、台山、南番順……歷代為數眾多祖先亦擇丫髻山入土為安，每年春秋，族人前來拜祭，那些年附近水土肥美，絲苗稻田環繞；面西北之天水圍幾乎全皆魚塘河流，太陽底下水光粼粼，腳下花草土石乾淨無比。母親囑咐：移開山石，或岩洞之下，必有田鼠，採未開眼整窩幼鼠，帶回家以米酒浸之，對女性尤其孕婦生產之後，祛風行血大有裨益。

田鼠燒好，猶如小小乳豬，皮脆肉嫩，鼠血煲仔飯香氣撲鼻，無幾人敢吃。感恩母親鄉野活知識訓練，無半分顧忌，吃得美美。跟司徒茂名山野味道的體驗雷同，田鼠之外，祖父將大閘蟹近親蟛蜞洗淨，加油加鹽加胡椒辣椒花椒，用石盅捶成糕狀，活生生的調味品；家中飯桌上，春秋二祭「食山頭」盆菜隨身調味。多年之後遊泰國，水鄉人家調味不缺這味活蟹惹味妙品。每年冬季，為食祖父必為家人朋友監製「龍虎鳳」或「三蛇宴」。水蛇是後來在順德、廣州街頭吃到就地油炸水蛇碌，原來肉汁鮮嫩豐盛，十分惹味。從小在村旁田間隨較長村童以電筒照田雞，卻未試吃，媽媽對拆皮白胖田雞外形似沐浴嬰兒，家中一直拒吃，直至近年於老字號「鏞記」得嚐美味無倫田雞冬瓜盅，再吃川味麻辣水煮田雞，味過難忘。

讀〈隱在深山的廢屋〉勾起幾許鄉野山林的味道，異曲同工全方位印證，文字與味道齊飛，感恩來時舊路。

自序

我不知是否少不更事，或是膽生毛，上天恩賜我從小有能力賺稿費自供自給和自立，家人也無可奈何，未成年我已瞞着家人走到美加，滿以為可以入加州 Art Center 完成學業，豈料最終受不住高薪厚職，去了韓國日本工作，由於工作關係我經常要穿梭兩地，留下不少腳印。有之後幾十年輾轉搖身變成廣告導演，長期在海外各地工作，很多地方我都住上一些時間。有時在旅途上，我不禁思前想後，我到底算是個遊子，或是如王家衛所形容，一隻沒腳的小鳥，心一直在飄蕩流浪，不能安定下來。又或是像簡而清曾在專欄中描述我，像塊滾石，Like a rolling stone，而我心中只想像首讓人感受到靈魂的歌曲。

我雖然從小在外邊東奔西跑，穿洋過海，但大部分時間我只是在旅途中，而非去旅遊，其實我一生都沒參加過一般人所謂的旅行團，雖然我曾拍過好些旅遊廣告，但在路途上見過太多走馬看花的鴨仔團，他們的喧嘩吵鬧，爭先恐後行為令人厭惡，是完全沒有質感，我認為旅遊目的應以增廣見聞為先，可惜結果只是以自暴其短終結。所以我沒能耐去寫通俗的旅遊書。經過這麼多年的舟車勞頓，我反而越來越渴望有機會能多作深度行，彌補從前的粗疏，重拾以前錯過的風景，讓我可以重新探索，再細嚼每一種味道，畢竟值得重溫的地方實在太多，好像重看一部經典電影，每看一次都會有新發現，令我回味無窮。

這本並非旅遊書，更非旅遊指南，我只是描述旅途上的感想和點滴，與大家分享所見所聞，其實更像寫人生的旅途。我回顧許多旅途上的片段，像拼圖一塊一塊去組合，成為人生的光影。旅行與旅遊的分別顯而易見，旅行是要你帶着靈魂和夢想上旅途，你需要更多的內心，好像將曾經失去的自己再找回來。

本書特別獻給我兩位近年不幸離世的摯友 Robert 和 Wong Sir，他們生前都對我很好，非常照顧我，令我有愧於心。他們在臨終前與我道別，特別感謝我們之間的友誼和很多歡樂的日子，他們無私的盛意和關懷，對我的讚譽和信任，賜予我很大的存在感，我會永遠感恩。

藝術始終是來自生活的體驗，也在生活中昇華，無論甚麼形式的藝術，都應以人的情感和真善美去表達，沒有情感就沒有靈魂，我們在日常生活中的所有點點滴滴，都提供養分去豐富我們的生命。在旅途中，會見到和遇上很多人事物，都值得深入去探索和了解，很多沒留意到或如過眼雲煙的，或者值得你留步，再仔細端詳，曾經滄海難為水，除卻巫山不是雲。

舌尖縱橫新幹線

浪跡南北的滋味

人間至味是清歡

Co-ordination / Eddie So, Chowchow

Photography / Aron fotografie system / Ariom Leung

Art direction & Personal belongings / William Szeto

夏威夷 *Comsat*

意大利 *Toscana*

旅途是甚麼味道？

人生有如一段旅途，沒有目的地，沿途的風景，可能令你心動，也可能像過眼雲煙，心隨景動，有快樂時也有孤單。每個階段都有不同味道，年輕時不知愁滋味，重要是能夠去闖世界，可以去探索和見識。中年心事濃，反而會留意每一道風光，細味每一種味道，希望能留住每一個醉人的景色。我不知是否年少輕狂，因上中學已開始賺稿費，中三已有能力自供自學開始自立，未成年已飄洋過海去闖天下，去過不少地方，見過不少人，也做了不少事。當年我曾很自豪，不過廿來歲仔已做了很多人半生的事，見身邊很多朋友仍在求學，尚未入世，可以說腦袋仍未打開。

慢慢你要學懂放手，每一道景緻，人事物都如光映串流，多少美好的時光，在生命中慢慢流逝變成回憶，你最好付諸一笑，不枉曾經擁有。在旅程上，除了沿途的風景，還不知會遇上甚麼人，發生甚麼事，前路茫茫但令人期待，也讓人着迷。有人說，旅遊是用雙腳和眼睛，而旅行還要帶上你的靈魂和夢想。很多時跟着感覺走，帶回來的是回憶，是心靈的滿足。說到底，人生不過像個旅程，只要初心不忘，風光是依然旖旎，萬水千山，這麼多年可能錯過了很多沿途好風景，只怪自己沒帶着心靈上路。

旅途應該是你在遠方尋找內心世界的地方，也可視之為一個可以修行的機會，當你踏上旅途，你首先要學懂放下，不是叫你放下尊嚴，而是應放下很多習以為常的行為，是調整待人處世的態度，甚至可說是透過這機會除掉所有的陋習劣行，放下你日常的心態，作好適當的心理準備，去迎接新環境新事物。在心態上，這並非公幹或出差，你不會披上西裝拿公事包或女士穿着高跟鞋上旅途。我是做服裝設計，有很嚴謹的專業要求，會很清楚在系列中劃分每種設計的類別，例如上班服、休閒服、運動服等……，每種服飾都有適當的配搭及在合適的場合穿着，穿都要穿得其所，如果亂配亂穿只會成為笑話。除非你是商務或在公幹，一般去旅遊都是休閒裝為主輕裝上路，不會隆而重之像出席宴會。但現實中，真有太多人是沒有這種概念，日常都胡亂配搭，他們認為只是隨心所欲，老子喜歡怎穿就怎穿，這心態也反映在很多生活細節，正正表達了你是個怎樣的人。

歐美很多青年人有種「出走」的文化，很多年紀輕輕未上大學已急不及待要出去見世面，這些背包男女塞滿各地的青年旅舍賓館。年輕人有十萬個理由出走，大部分不外乎想見識世界，有出於好奇，為了增廣見聞，也有為了逃避，更有離家出走，很多在各地找散工揾水腳去繼續下個旅程，也有很多是漫無目的為出走而出走。每當看到這些年輕人的「出走」畫面，我特別感觸，仿佛見到自己的昨天，那個不斷四海漂泊，不停去尋夢的我，前面像有行不完的路，看不盡的風光。人生就像一場旅行，有時不必在乎目的地，要在乎的是沿途景緻及看風景的心情，你帶的並非行李，而是帶着心靈去旅行。從起點到盡頭，你不知會看到甚麼和遇上甚麼，說不定是另一個元宇宙。

在我的廣告導演生涯，接觸過很多從各地而來的模特兒，大部分年紀輕輕已夠膽出外闖天下，去探索去見識世界，她們的勇氣和膽識令我印象深刻。某次在海外工作，一位靚模 Eva 那天拍完廣告後，主動邀我外遊，知我常在外地工作，正好結伴同行。她告訴我最初由紐約去東京當模特兒，身無長物連住宿都成問題，她試過偷偷潛入五星大酒店，找剛 Check out 的房間洗澡，我聽起來簡直不可思議，還以為只是電影的情節，天！她只得十來歲已膽生毛，我自愧沒這種能耐。她曾專程來港探我，我也到 LA 探她，她帶我逛遍荷里活也看了很多舞台劇，她已開始在荷里活找新機會，是活生生的 La La Land，那年她才不過廿歲年華，現在已成為演員和有自己的事業。另一位有深刻印象的靚模初來甫到，那天她拿着本 Portfolio 來工作室約見，是個美越混血兒，一張青澀的臉但充滿自信的美少女，她自嘲說是來自夏威夷的鄉下妹。我有眼緣將她納入首選名單提交廣告公司，但客戶有點抗拒用混血兒，在我堅持下終帶她往馬來西亞拍了個地產廣告，我記得在這期間她仍不忘帶着她的Portfolio自薦給每間模特兒公司，爭取每一個演出的機會，她的勤奮和努力令我感動，那年她只得十七歲，她的名字叫Maggie Q，在香港出道，現已是荷里活演員，拍過不少電影，包括湯告魯斯的*Mission: Impossible*。

那些曾經帶着背包四處闖蕩的人，各有各的旅途，各有各的故事，不管遭遇如何，相信會懷念昔日的輕狂。上天很公平，誰都擁有過青春的歲月，不過，很多人就欠缺這份毅力和勇氣，更沒有這樣的膽識。人在一個環境躭太久，太過熟悉，就會失去敏銳度，久而久之變得隨遇而安，得過且過，漸漸遠離活力和朝氣，不再想有任何作為，做人辦事蕭規曹隨，最好不用再費神動腦，慢慢變成過氣的老油條或周星馳口中的一條鹹魚，其實這就是老化的訊號。你錯過了青春，沒有在適當時間，在年輕歲月時跨出人生旅途的第一步，往後你的步伐只會越來越重，做甚麼都無能為力。

很多背囊客孤身獨行，浪跡縱遊於山水湖泊，但身無長物，腰包絕對空虛，有些連青年旅舍的床位也住不上，要在火車站或公園棲身。我沒睡過車站，沒試過搭順風車，可能膽子較小，也可能有點潔癖，對不整潔不乾淨的地方、物件，甚至人物都有身不由己的抗拒感，自

Eva

三藩市

昔日的漢城

日本公路

油菜花田

山水景色

然有道防火牆，自絕這些負環境。我從少已離家自立，家人沒有逼我也沒鼓勵，只是覺得有能力需要往外闖便離開，很感激娘親，從沒勉強我一舉一動，她也心知肚明，我這個人勸也無效，不過自己與生俱來有自知之明，知道自己的位置和尺度，甚麼都懂量力而為，不喜歡譁眾取寵，不強出頭，凡事主動退一線，也有無比的自律感，看見這麼多人不自量力不經大腦，魯莽行事招致焦頭爛額，這已經給我很大的警號，好自為之。我從開始已相信人應該尋找自己的內在，而非向外擴張，做人如是，當家當國亦不外如是，人如果連自己也不懂得怎去完善自己，怎去修正自身的短缺，哪有甚麼資格去指手畫腳，還教別人一些連自己都不懂的事，這不過是基本常識和邏輯，沒甚麼深奧，也談不上哲學。

我一直覺得，旅行其實是提供一個機會，一個可以自我反省的機會，在旅途上，可看到很多不同的異文化，既打開你的腦袋，也擴闊你的視野，從中可檢視自身的差異和不足，從而自我完善，這才是旅行的本質。一個人去旅行沒甚麼大不了，一些人習慣了熱鬧，甚麼都喜愛一窩蜂起鬨，這種福綠壽式的齊齊歡樂最合適參加旅行團，但並非本文探討的話題。單身的旅途是很個人的世界，難免有點孤單，但卻有很大的自由度和思考空間，邊旅行邊探索人生的意義。還有人把旅行當成一種生活方式及學習過程。如能夠結伴同行又是另一種境界，既考驗你的容忍度，或看別人對你的容忍度，是人生不同的經歷，有不同的意義。能與人結伴是種緣分，在人生的旅途上，有伴可以與你分享，不光是沿途的風景，還有不同的味道，多少的哀樂歡笑的片段，都會成為流光掠影，永刻在你的記憶中。在路途上，如果能夠互相扶持，分享歡樂，也算是種幸福。我自少已帶着我的好奇心到處去，即使站在十字路上，也不畏邁出瀟灑的一步。人生是個不斷探索的旅程，旅途也是其中的一種探索，找出她的味道，也體會她的滋味，哪管甜酸苦辣，一生無悔！

俄羅斯松林

Toscana 松林

俄羅斯郊野

紅場

窮得只有魚子醬

旅途有甚麼記憶，主要看你去甚麼地方，遇上甚麼人和幹了甚麼事。很多地方，幾年不見已面目全非，但很多地方，好像以不變應萬變，尤其是歐洲的一些古城古鎮，十年前去是如此，十年後去還是一樣，像歲月並沒留痕，雖然昔日小店那個小姑娘，已變成個肥師奶，但其他一景一物仍是老樣子。很多發展中的國家，情況就完全相反，每年去都會有不同面貌，我較熟識東南亞，由星馬泰、印尼到菲律賓、台灣，因為很早已往當地拍廣告，其實是頭開荒牛，見證了每個地方的經濟發展，由一窮二白到周街高樓大廈，不但景物改變，連人的面貌和性情也隨着改變，改革開放有時只不過改了表面，其實並沒改進人的品質，反而變得更庸俗。

我去過的地方不算多，但有些地方倒頗堪一記，像南韓，我最早在七十年代去，原本打算在美加遊學，結果因一份難以抗拒的優差而沒完成學業，搖身變成 Expat 在南韓工作，還在那處及日本生活了兩年。今天南韓已因電影、樂團等流行事業在國際出盡風頭，但當年是貧困得無法想像，那些年朴正熙當權，仍是軍法統治，晚上十二點便開始戒嚴，人民三餐不繼，一星期有五天是吃混着沙的糙米，我最深印象是去當年最繁華的明洞區飲茶，因咖啡是奢侈品很少供應，我叫一小杯檸檬茶，那片所謂的檸檬是正常的六分一，細得像指甲片，那就是檸檬茶，我到今天仍然歷歷在目。

另一個特別地方是俄羅斯，由九十年代開始我被邀造訪多次，主要是一位好朋友Mike是俄羅斯人，曾是我的客戶，他則說我是他的Mentor，我們結緣因他看上我設計的丹寧產品系列，希望發展成為他的品牌，我們交往始於丹寧，但其實有共同的興趣是因為大家都很為食。我令他愛上了廣東菜，由港式點心、燒味至所有的海上鮮，甚至臘腸煲仔飯都達到痴愛程度，他的熱愛不是說了算，而是可按時訂半個貨櫃的絲苗白米，油鹽醬醋罐頭，甚至臘味乾貨，連茶葉都可以買幾十罐，每次足夠開店吃上半年，還廣派街坊親朋戚友享用。

他很奇怪，甚麼都先入為主，當認定了廣東菜和上海菜，其他菜就行人止步，我試叫潮州菜他都搖頭，更別說食西餐，口味保守得像他的信仰。有很多年他可以一年來港幾次，美其名公幹，其實都是為了吃，對喜愛的美食簡直毫不保留，像每次接機，首要不是去酒店，而是非先食點心不可，所叫的點心堆滿一整桌，記得有次與家人同來，一檯六個人，可以要了九籠蝦餃。去鯉魚門，個人可連盡四大隻椒鹽瀨尿蝦，去「益新」，每次非要預訂兩大條煙熏黑鷹鱠才可滿足他。他來港期間我要特別安排時間去和他吃，這才是他的首要項目，還很認真的預先編個時間表，每天午餐晚飯的行程如何安排。他如認定那些菜式就永恆不變，最初我不了解，為何不轉轉口味？他解釋，當認定了那些是美食就不想改變，因他時間有限，不想變來變去吃着不對胃口的食物就掃興，寧願百發百中，確保每次都吃得稱心滿意。最初我百思不得其解，當易地而處，想想他的出發點也不無道理，反正是他吃又不是入我的肚。

Mike 有本傳奇的奮鬥人生實錄，他原本是個倒爺，在那些地方，人人都是倒爺，沒甚麼大不了，不過廿來歲已賺了第一桶金，隨而看上做丹寧的生意。最初在俄羅斯的服裝展，他參觀了我們的攤位，隨即看上我們的丹寧產品要訂貨，我們的條件是要他死心，不接受 LC（Letter of Credit），一切要美金交易，相金先惠，還要來香港交易，這是極苛刻的條件，通常不能接受，俄國有外匯管制兼很難出國，他有本事排除萬難，證明他有他的辦法和後台，否則很難成事。之後我協助他去建立品牌，也當了他的形象顧問出謀獻策，出訪多次俄羅斯。坦白說，這是個沒甚麼情趣的地方，記得第一次到莫斯科，適值大雪紛飛，由落機那刻開始，我已有種莫名的窒息感，是個難忘的經驗，從來沒見過一個機場是如此的灰暗，電力不夠毫無生氣，燈光極昏暗，人人又穿得灰灰黑黑，沒甚麼歡顏笑臉，大部分人圍着領巾，根本連樣也看不到，眼前盡是個黑白畫面沒帶半點色彩。這種氣氛令人困惑沒安全感。約好

俄羅斯小住

我在機場門前等司機來接，結果大風雪中來了個像惡人大佬B的人物，凶神惡煞像KGB多過似司機，那一刻我很猶豫到底該不該上那輛大黑Jeep，幾天下來，他負責當我的司機和保鏢，雖然有點笨鈍但其實是個大好人。

莫斯科沒甚麼很現代化的建設，我覺得最好沒有，這城市的特色是因為有紅場（Red Square）附近有不少舉世著名的建築，包括聖巴爾大教堂（St. Basil's Cathedral）和克里姆林宮（Kremlin）等，已成為莫斯科的地標。遠在十八、十九世紀，已有很多來自意大利、法國、德國和荷蘭的建築師，應當時沙皇之邀，前往莫斯科和聖彼得堡，與俄國建築師合作了不少很宏偉的建築，成為俄羅斯建築傳統的一部分。很多首次造訪的都被這些建築震懾，有位法國作家就曾在遊記中描述：「在這超凡脫俗的城市，光影交錯儼如夢幻景象，令莫斯科在歐洲中自成一格、無可比擬。」

加上在「鐵幕」時期又蓋了大堆很宏偉的社會主義「傑作」，例如其地鐵，稱為「列寧莫斯科市地鐵系統」，被公認是世界上最漂亮的地鐵，簡直令人嘆為觀止，相信是世上最長的自動電梯，好像落地底十幾層，地鐵站的建築華麗典雅造型各異，每個站都由名建築師設計，全用大理石、花崗岩、陶瓷和彩玻璃鑲嵌各種浮雕、雕刻和壁畫裝飾，簡直像博物館，或像富麗堂皇的宮殿，愚見認為觀賞地鐵是必然「節目」，比看其他建築更吸引。

俄羅斯絕對是另類國家，很多規矩意識形態與別不同，有點匪夷所思，我最初去是上世紀九十年代，當地仍一窮二白，很多事仍待發展中。Mike的公司重門深鎖，大門有兩個保鏢荷槍實彈檢查每個進出的人，公司內兩旁獨立房間，全部出入都要鎖門不能隨便進出，我都是首次見公司如此規格，還以為入了監倉，Mike告訴我俄國有不同的商業環境，大部分公司都是這樣警衛森嚴，他們已算很寬鬆。有次試過突闖入一隊手持AK47的蒙面部隊，指令全公司的人趴低，事後才知這是商業部門，負責抽查公司賬目，美其名審查，其實要收受檢查費，已成例行公事，只是手段太震懾，完全像電影的畫面在現實中上演，那天我同事恰在現場，大概已嚇得半死。

俄羅斯在食方面大概用四字足以概括，是「乏善可陳」，近年有多大進步我不得而知，反正我的俄國朋友都不留情地彈得不留餘地。我不明白食物質素為何如此差勁，天寒地凍不是原因，你看北海道不冷嗎？但食得很精彩，連南韓也將食搞得有聲有色。你可以說俄國沒有好食材，但有錢不去改善民生，不搞好農作業，你怨誰？一般較普遍還是食麵包、餃子和羅宋湯，早年去仍見有排長龍在買麵包，麵包的質素很差，因沒有好材料。羅宋湯一般人以為是俄國湯，為此烏克蘭早已展開捍衛戰，這場羅宋湯大仗早已打了幾年，各說各是正宗。

俄國餃子（Пельмени / Pelmeni）算較普遍，家家戶戶都吃，是一種源自烏拉爾山脈的俄國菜餚，像個縮水版的台式水餃，約一口的大小，形狀也比較圓，內餡以牛豬羊肉為主，酸奶油成絕配，我見大街小巷都賣水餃，可以說是最親民的國民美食。一般超市都易買到，常見的水餃有四大類型，代表四種不同文化，「俄國餃子」源自西伯利亞的烏拉爾山，「饅頭」來自中國，「烏克蘭餃」來自東歐斯拉夫民族，「卡里餃」來自高加索山的喬治亞，不過各有不同的肉與蔬菜，吃時要小心別吃着你不想吃到的東西，有些肉餡可以是牛肉、羊肉、馬肉、駱駝肉，有時還會加入來自動物乳房、駝峰、肥羊的脂肪，使肉質柔軟並增加肉汁含量，所以最好先了解餡料才放入口。

俄國最珍貴的食物是魚子醬，最初到俄羅斯，他都以魚子醬招呼，有用班戟也有用炒蛋，但我還是喜直接入口，感受海洋的滋味。別以為容易買到，他只是很有辦法取到，據說主要來自裏海。海中有數種鱘魚的卵可以製成魚子醬，世界上約有九成的魚子醬來自裏海。很多不同種類的魚卵都可做成魚子醬，如很多人痴迷的日本明太子、鱈魚子等，只有鱘魚的魚卵做成的魚子醬才算是真正的魚子醬，但過度捕撈導致目前已經禁止捕撈野生的鱘魚。在

俄羅斯

古姆百貨大樓

二〇一八年，俄羅斯提出禁捕鱘魚的政策已經獲得裏海周遭的其他四國同意，與伊朗、哈薩克、亞塞拜疆和土庫曼等國簽署了《裏海法律地位公約》，同意採用劃分的方式分配世界最大的內陸水域，對於各國的領海和捕魚界線達成了「沿岸國家的利益平衡」協議。其實很久之前我已知魚子醬出問題，最早吃到的魚子仍飽滿肥美，充滿海洋的鮮味，那時吃魚子醬是很誇張，用個大骨匙，可以大羹大羹入口，吃得極痛快，每次來港他會送我一大盒像個大飯盒，我可以早午晚一大湯匙入口，絕不誇張，魚子醬不能久藏要盡快吃完，所以我分成很多小瓶分送給好友分享。可惜好景象三幾年已完結，因大條的鱘魚已被吃光，魚越來越細，已沒多少魚子。我的魚子醬暴食生涯也隨之完結。

Mike可算是我一位別具一格的朋友，我的感覺像來自另一個宇宙，他最喜歡和我探討各種古靈精怪的但沒結論的話題，例如九一一的奧秘，深海外太空之類，常笑他應搞本八卦刊物。我幾次去俄羅斯都遇上大雪，所以活動很受限制，但總算遍遊了各主要景點博物館，甚至看歌劇看《天鵝湖》，也上山出海。他熱愛戶外生活，要帶我去狩獵出大海釣魚甚至攀雪山，不是行山而是攀雪山，我沒能量做鐵金剛，急忙婉拒好意，但住了他在深山的大宅，過幾天森林生活也不錯。

他很喜歡家庭生活，有個超級大家庭，我每次去都好像被納入其中，他很年輕已成家立室，有兩個妻子，兩頭家相安無事，每周都一起家庭聚會，他們的聚會並非普通食餐飯，有各種文娛表演，有歌舞甚至魔術雜技，當然還有不同的美食，Mike很喜歡香港，每次記錄所見所聞，在聚會中高談闊論，人人已滾瓜爛熟，比我更熟悉香港。大媽掌家務二媽管事業，合共八名子女兩個孫，足夠成立一支球隊。他知我這人奄尖聲悶，有很多私人禁區，但偏喜歡闖禁區，經常故意跟我抬槓唱反調，次次來港叫我一齊去海洋公園，因他知我最沒耐性逛。

Mike由一名跑散的倒爺到成就一個品牌，殊不簡單，令我嘆為觀止的是年紀輕輕已組個大家庭，還照顧周全，不時帶子女分批出國見識。我上次見他已是二〇一九年初，他與太太來港過農曆年，兩周幾乎天天都安排飯聚，記得除夕夜我再與他們到西苑年夜飯，由於沒訂位，是夜大爆滿只能加櫈給我，到年初四他深夜機離港，我與他們再到西苑餞行，因疫情爆發全場只得我們幾人，之後連串惡夢就此揭幕，世界從此不安寧，而俄羅斯人更難以入睡，我沒有問他世界有多艱難，困境有多深，但相信在黑暗過後，他自然會出現，再和我暢快地在老地方暴食一番，重溫那些老菜式永恆不變。

Mike 一家來港

陸羽茶室

我與黃 *sir*

馬踏春泥半是花

我很多老朋友動輒認識了三、四十年，很多且識於微時，黃 Sir 算較近年才認識，但不到廿年，如果論性格講興趣，我們應該水溝油，沒可能會成為摯友。他是名正言順的阿 Sir，退休前是位消防官，一人高高在上，一天到晚被人叫阿 Sir，正因如此步步為營，工作首要是安全至上，救人脫險是任務，承受很大壓力，所以造成沉默木訥，不苟言笑的性格。他年輕時是位運動健將，游泳潛水馬拉松都是紀錄保持者，健康未出問題前，仍每天跑八公里練氣。試過為救人潛入深海，超越可能範圍以為再不能上水，火海救人往往身先士卒無數次，到他有了癌症，專家判斷是長期在火場吸入毒氣所致，是職業病的悲劇。

我認識他源於早年身體狀況出問題，有段時間健康極差，舉步維艱，遍訪名醫都無大進展，無意中得悉有高壓氧治療，如是者花了多個月時間差不多每天要去全城唯一的私家氧艙治療，負責照料我的便是黃 Sir，他可能是全港唯一的高壓氧專家，以前在消防署任職曾被送到英國受訓領正牌，返港後成立首個氧艙，專救在火場受傷、在海被溺，還有很多在意外中受傷的人。我在他照顧下得到很大進展，我們也因此結成好友，經常飯聚聊天，可惜私家氧艙因成本太高，後來終於退出，他轉上內地做其他生意，算是精神寄托。

當時他大部分時間住在內地，每周只回港一兩天，我必抽空和他飲茶飯聚。記得有一天他急約我出去，很沉重地告訴我，原來檢查身體，發覺竟是癌症末期，只得幾個月時間。他說是第一個告訴我，因很擔心兒子的前途，問我一些意見，很有託孤的意味。黃 Sir 自離婚後，一直與兒子相依為命，但因工作難於照顧，於是自少被送去英國寄宿，難免有些代溝問題，我經常勸他對兒子別太嚴苛，其實他這人只是表面凶狠，但內心對兒子千依百順，有求必應。確診後他專心治療，也不過延長了五、六年的時間。他說我是他唯一的知心好友，大家相逢恨晚，如早點認識可暢游世界，改寫他的人生，至少添很多樂趣。

黃 Sir 的枯燥可謂極品，我們從沒談音樂、電影、文學或任何藝術，我好 Mean，常挑起這話題去揶揄他沒文化。放心，他會駁嘴說他其實很喜歡看書自修，我懷疑都是些理科書或工具書，他好學倒是事實，退休後還去讀了個碩士兼在理工執教一段時間。他很奇怪我何來時間竟可以看這麼多的電影，我喜歡看大銀幕，最討厭在電腦手機上觀影，你如果看 *Top Gun*，在手機及在 IMAX 看便知是兩回事，我更喜歡是獨自觀賞，很多時在周六、日會去 IFC 看首場，人較少會看得舒服，最常在戲院洗手間碰到的是曾俊華，他也是常單獨往觀影。

名茶美點
喜酌華筵
陸羽茶
香港士丹利街廿四
電話：二五二

黃 Sir 的零藝術感和乏味，令我大為驚訝，幸而大家都為食彌補了一切，他很喜歡吃，最雀躍是可以和我分甘同味，由早茶到晚飯只要我有空，都全天候樂於奉陪，每次要爭着付賬，還振振有詞，說每月的退休金根本用不完，夠食有餘。他知我是「陸羽」的常客，自跟我去過一次之後便改變了從前的謬誤，我有些朋友對「陸羽」的印象甚差，認為既慢客且出品差，我幫襯了幾十年，從沒受過冷落，也不是大手筆，很多時不過一盅兩件，出品是否合你胃口，視乎閣下口味，反正經常見到城中的嚼尖食家捧場。

當其他富貴食堂一天到晚在阿茂整餅，賣弄那些整色整水的點心，「陸羽」幾十年來都不過老老實實在做很傳統的手工廣式點心，沒譁眾取寵，也不屑賣鳳爪、牛百葉甚至腸粉，Whether you like it or not，全世界只得一家如此格調如此出品的茶室，如不幸消失也表示將成為絕響。黃 Sir 很認同我的觀點，每星期都要和我去至少一兩次，來來去去都那幾樣，不外乎雞球大包、豬膶燒賣，山竹牛肉、柱侯排骨等，特別喜歡菜遠牛河，喜歡那種很原始的傳統牛河味道，每次黃 Sir 拿着點心紙看來看去，到最後還不是吃回最傳統的幾款，每次我都批死他會一成不變，如變了那就不是黃 Sir。

他最渴望是能跟我去旅遊，尤其常邀請我去日本但被拒，我前半生已去太多，更重要是我喜獨來獨往，我有興趣的他可能會悶死，幾年前一次機會終於成行。吾姐由加返港團聚，他們想去日本一遊，黃 Sir 很高興我叫他兩父子同行，因這是個純齋食團，不逛旅遊點不購物，只是大吃特吃由朝食到晚，黃 Sir 大表贊同參與這大食者英團，我們着實身體力行，除了正常活動，我們還暗暗地另外偷吃，有天剛完下午茶，我帶他去食近年風行的新鮮天然酵母工匠麵包，這是很有趣的食包經驗，是熱騰騰剛出爐的「枕頭包」，是一人一個不用切，直接用手掰來吃，那鮮嫩軟如棉花的口感，直接融化在口中，滿溢嘴裡的香甜，令人停不下來，很快將整個方包幹掉，是令人回味和痛快的吃包經驗。

我有些小生意在內地與人合作賣曲奇，黃 Sir 知悉一定要參與，反正他閒着沒事要找些事打發時間，我叫他成立個小工場在他常平的住所附近方便管理。每年聖誕節日期間，我喜弄些大食聚會在天河的私房秘竇酬勞同事，這被視為年度盛事，廿多人引頸以待在下的意大利粗餚。每次黃 Sir 都自薦到馬會訂火雞及在大酒店買原條煙燻三文魚，還有大箱意大利食材，每次都要幾個人戰戰兢兢帶過關，隨時會被充公便食西北風。幾年後，我實在太疲累，過關有壓力便取消這大食會，至今各人仍津津樂道懷念不已，經常問何時有得再食，相信黃 Sir 在天之靈，也必然含笑點頭。

我常告訴黃 Sir，如果某一天你發覺我再沒興趣去看電影，也不聽任何音樂，在旅途上，我已懶得留意窗外的景致，甚至對着同伴也找不出話題，根本已懶得開口，連放甚麼入口已毫不在乎，這顯示甚麼？可能已失去樂趣，也可能已老去俗化了，如此辜負人生的美好時光，只證明這旅程已無可依戀，不如早點返歸。唐詩有句「馬踏春泥半是花」，寫出了美景當前，可惜獨自難受。哪管是馬踏春泥之靈動，落花繽紛層層柔美，踏花歸去馬蹄香，即使當前美景再秀麗也不能分享，對故友思念之心油然而生。雖然黃 Sir 經常感激我掛在口邊，但我確辜負了他很多好意，幾年前他和我另一位摯友 Robert 相繼離世，令我耿耿於懷，這份傷痛至今天才慢慢浮現，也感到友誼的珍貴已超越了時空。

節日的聚會

天然酵母麵包

龍蝦包

黃 *sir* 與兒子跟我日本遊

我和 *Robert* 在米澤溫泉

最是橙黃橘綠時

我在圈中屬於另類，有時令我想起有點像私房菜，既沒排場也沒公關，既低調又不應酬，我的所謂工作室空置成倉庫因從來沒客會來，我也很少回去因大部分時間是在外工作。幾十年的專業生涯，接觸客戶其實不多，都是幾位做了幾十年的老客戶，早已成為老朋友，Robert是其中之一。我們結緣也是由食物開始，他原本是我的客戶，九十年代初，在菲律賓創辦了最大的中式快餐集團，類似本港的大家樂、大快活。是他的廣告公司找我替他拍廣告片而認識。我仍記得第一次往菲律賓到他公司開會，廣告公司介紹我講解拍攝內容，完會後Robert叫我留步，突然轉台改用廣東話說要請我食飯，他可說是難得一遇的好客戶，未開工已致謝。從此一見如故，後來更成為他的私人顧問，我倆的友誼雖然由工作開始，但甚少談及公事，我們每次會面，談食遠比工作多，他找我覓食遠比其他重要，因這是他的興趣，食令他致富也豐富了他的人生。

有段時期我常到菲律賓拍片，只要我有空檔他必安排大家往覓食，不管是日本菜、西班牙菜到法國菜，由頂級的食肆到路邊雞都食一餐，反而菲律賓菜相對較少吃。以前他常帶我去間叫 La Scala 的高級餐廳，全部侍應都懂唱歌劇，而且很高水準，全晚邊送餐邊唱個不停可說是雙重享受。每朝早如沒工作，他會到酒店接我去一間很特別的西班牙店嘆咖啡吃蝸牛麵包（Ensaimadas）或小油條（Churros）沾西班牙熱朱古力，這熱朱古力非同小可，是由朱古力片，粟米澱粉和牛奶混合而成的。將朱古力融入溫牛奶和粟米澱粉中，以慢火直到變稠和醇厚，那熱量足以撐到夜深。多得他帶我去很多不錯的西班牙餐廳，經常食 Tapas，每次臨上機，他都着人去買些西班牙點心給我帶返家。

他其實很照顧我，知我單人匹馬在馬尼拉工作，恐我勢孤力弱會吃虧，經常要介紹些「猛人」給我認識，他在菲律賓算有頭有面，獲很多榮譽，有社會地位，曾被選為全國最傑出人物，同時因樹大招風，行一步都要小心。有段時間菲律賓很危險，因針對華人尤其當地富戶，常有綁票撕票事件，他出入都有人負責保安，非常時期試過派兩名陀炮大漢跟我出入公眾場所慎防意外，我告訴他聽聞黑白同道，有時難分軍匪。可能杞人憂天，但我確試過在半島酒店的 Happy hour，有名半醉的陀槍漢找我麻煩，問我信不信請我食子彈，監製立即過來解圍才幸免於難。

他除了有大型的連鎖快餐生意還有間中菜館，當是私人飯堂，每次來港都掃幾大箱食材帶返菲律賓，所以我在當地工作不愁沒飯開，一樣照飲老火湯，食臘味煲仔飯，海上鮮更不在話下。他有條件晚晚山珍海味，但卻不愛去富貴飯堂，可能他是華僑，有種先天的鄉愁，對各地的家鄉菜特別有感覺，家族已是第三代的老華僑，一直經營幾間老字號麵店，他不想蕭規曹隨才自行創業。對飲食有另一套見解和追求，像有次我們到日本考察，特別在東京租下個大單位，方便我們晚上可買各種美食回去「自作自受」，同行還有他的大廚，我們既研究食譜也順理成章可大吃一頓，實在吃得痛快。

有次他來港探我，還特別帶來位朋友介紹認識，原來他是經營捕魚業，有隊船專往太平洋海域圍捕藍鰭金槍魚，每次獵獲就直接運去日本築地交貨。他知我喜好大拖羅刺身，便力邀我隨船隊出發歡迎我隨隊實錄，保證享我以最新鮮的海捕藍鰭，甚麼「腦天」、「喉後肉」、「魚頰肉」、「三角油」……等等所有刁鑽部位任我要，優質的霜降拖羅任食，這是個很難得的實地海捕機會，令我心癢不已，但當想起風高浪急的太平洋大浪滔天，我已不禁天旋地轉，人貴自量只好婉拒，於是錯失了這好機會。

頂級金槍魚，其實數量越來越稀少。尤其藍鰭金槍魚更求過於供，比較好的都用拍賣形式交易。鮪魚如細分有七種，但一般用作刺身及壽司都會選較好品質的黑鮪、南方鮪、大目鮪、

有馬名産
松茸昆布

黃鰭鮪等，其餘長鰭鮪、小黃鰭鮪、大西洋鮪等會製成罐頭或其他熟食。我曾替某吞拿魚品牌拍過廣告，到其工廠參觀確大開眼界，老闆特將精華部分留起自製成私伙罐頭非賣品，當珍品送禮，有幾年他送我成箱享用，品質比一般的市場貨好味得多，罐內的吞拿肉環環緊扣，我喜將之放在熱烘的厚多士上，再澆上冷壓的特優初榨橄欖油，相信我，那是天上人間的美味。Robert也跟這老闆相熟，他是位食家，試過多次相約來港覓食，可惜都未能成事。

每人在一生都未必能交上些特別知己的朋友，我三生有幸，能交上多位摯友，這些朋友，能夠無話不說無所不談，都是能走進自己的內心，即使久不聯繫，見面時恍如昨天，仍然把酒言歡，這是一種很美的意境。今天我特別懷念摯友Robert，在「山竹」肆虐之際他安詳地離開了。月前他才來香港，嘗試找此間的專家做移植手術，Robert是馬尼拉最負盛名St. Luke's醫院（地位有如本港的養和）的主席，來港是希望能聽多些意見，知道在此間找到肝的機會很微，我也托朋友試圖在內地找渠道，後來他告訴我在菲國找到志願捐肝者，因他是慈善家，一直幫助很多人，他表示已有人願意捐肝，為此帶來希望，那兩天他心情像過山車，我也受影響，次天他要再作檢查，還約我去食飯結果爽約，晚上他來電，告訴我壞消息，原來癌已擴散了不能再動手術，估計只有數月生命。由確診患癌只不過兩年光景，他一直樂觀面對還照常四處遊歷，他特別喜歡吃視我為最佳食伴，我們結交三十年，食物是我們最大話題。他屬於新一代，讀著名的亞洲商學院，所以有不同的視野。由認識他時開了八間店，到差不多二百家將集團成功上市後，將股份賣了給他的拍檔，即全菲最龐大的飲食集團「快樂蜂」，Robert 才功成身退，之後被教會邀請當了醫院主席，和成為一名慈善家，身兼很多公職，又學校又銀行，我認識朋友中他真是出錢出力，絕無沽名釣譽，每年聖誕都堅持領着幾大卡車禮物，親自扮聖誕老人上山區派禮物給貧童，樂此不疲。他是少有的好好先生，不煙不酒，從沒見他有任何不良嗜好，是誠心樂善好施的人。

他待我很好，我們工作從沒拗撬，很尊重我的意見言從計聽，還經常在人前推許我令我周時尷尬，很多年的聖誕，他會特別專程帶聖誕禮物送我，這心意一直銘記。當晚他知道求醫無望，我們談了很久，他忍不住痛哭向我道別，那個晚上我很難受，次天我一早去見他，也只能叫他珍重，他還樂觀與我定下次的聚會，還說要吃甚麼。我覺得他從一開始已知道結局，他不想身邊的人擔心，其實佢早已做好各樣打算和安排，之前他還特別在酒店搞了個盛大的生日宴，廣邀世界各地的好友赴會，他悄悄告訴我，一次過告別會更方便。

別了，Robert，其實我們都無需要道別，白駒過隙，你經常世界到處走，這次不過走遠了也時間略長而已，我覺得你常在身邊，會永遠懷念你的！

後記

十幾年前我重拾寫作的興趣，最初打算出版一本有關食具的書，為此我做了不少資料搜集，平時在各地有空便去搜羅特別的食具，不經不覺已收集了十多箱，現仍存於倉庫。Robert很喜歡我這本書的概念，便立即送我幾件，其中有件很古老的原木製麵器，他專程去一個古鎮搜購，還親自送到香港，這件「木頭」說大不大但異常笨重，不知他有沒有另付超重的上機費。我笑說不如替我寫篇序吧，結果很快便給我送上，寫得令我汗顏，更令我慚愧是這本書到今天還沒出版，這篇沒有發表的序，我特與大家分享，也感謝他多年對我的厚意。

FOOD AS A BOND OF FRIENDSHIP

I met William Szeto in the early 1990's under purely professional circumstances. I was then president of Chowking Food Corporation, a Manila-based Chinese fast food chain that I founded in 1985, and we had just been through pre-production for a TV commercial (TVC) for Merienda Chow, a product line we wanted to promote. Our ad agency gave us four choices for a director. Two Filipinos, both highly respected in Philippine advertising circles, an Australian with an impressive track record, and a Chinese from Hong Kong with impeccable credentials as director of food commercials – William Szeto. We didn't know William from Adam and had never heard of him, but being on our ad agency's very short list, he must be really good, we thought. Though his awesome credentials made a huge impression on us, what clinched our choice of him was the fact that he was Chinese. We thought that being Chinese, he would be in the best position to put across the message of a Chinese food chain and could best translate the TVC concept into audiovisual language.

I involved myself in the production and was there at every shoot. Watching him work, with a HK cameraman he insisted on bringing over, was virtually a crash course on directing a food commercial. It was obvious that he was a master of his craft. And when we viewed the finished product, I knew in my heart that I had made the right choice. The TVC played to critical acclaim among the ad agency set and advertisers, who sat up and took notice. The Chowking commercial ushered in a string of directorial assignments in Manila for William – I remember one for Magnolia and another for Century Tuna and others. Needless to say, we hired him again to direct our very first commercial for Halo-Halo, a staple Filipino cool-off dessert, and later for Siopao, a hot Chinese dim sum that has become a Filipino favorite.

happy
BIRTHDAY
PDG Robert Kuan
From your
RC Makati family

...and more
golden
years to
share with
us

We made it a point to be at every shoot, and would watch him bury his head in work. He was meticulous, with a sharp eye for the tiniest detail. His no-nonsense work ethic saved us a lot of time – and money. His concentration was so deep, so total, that we got the impression that he saw nothing but the work at hand. Later, we learned that he was a keen observer of things as well. He had noted the laid-back work style in Manila, how we turned every shooting day into a feast, how we loved taking breaks, how we wrapped up the day and leave the rest of the work for tomorrow. In HK, he said, they were used to eating a hurried lunch out of a box, and it was a rule to wrap up the shoot as quickly as possible, preferably in a day.

I noticed that he paid unusual attention to the food, and enjoyed eating as much as I did. I had marveled at his work, and his work ethic. At the same time I was discovering a common thread that ran between us – love for food.

It's been about a decade and a half since our paths met, and William and I are still on a journey of discovery and learning.

Every time I go to Hong Kong, at least 6 times a year, we meet, catch up on each other and share a meal. We have developed a practice that has taken on the feel of ritual – he takes me to eating places that never get a mention in tourist brochures, simple eateries that focus on the food, not the ambience, no-frills restaurants that specialize in Cantonese food and frequented by people who, like him, know what good food is. He would introduce me to unheard-of dishes and unfamiliar tastes, and casually lets me in on a wealth of information about the food – what it is made of, the spices used, how it was prepared, how much of an ingredient is used and why, how to eat the food and bring out the best of each dish.

Every meal is a one-on-one lesson on what he calls "the culture of food", he the patient, generous mentor willing to share everything he knows, I the avid student absorbing everything like a sponge.

William's abiding interest in food has inspired him to take up a collection of traditional kitchen utensils in Asia, which he plans to feature in a book. I have given him a few such gadgets that I found in my travels around the Philippines.

Over the years, I have been enriched by my friendship with William Szeto. Our journey of learning and discovery has brought me to many places, following a road map of the palate, and to other places one reaches only with the mind.

Over the years, I have discovered a William Szeto with many talents, skills and interests – directing food commercials, writing, photography, interior design, even Hallmark greeting cards! But I know now that while he has many loves, he has one abiding passion – food and the culture of food! No wonder we have become such fast friends!

Robert F. Kuan*
Chairman, board of trustees
St. Luke's Medical Center, Philippines

* *formerly President of Chowking Food Corporation, Philippines*

在韓國山區拍攝

踏着彩雲上旅途

過去幾十年，我曾長時間是個廣告導演，斷斷續續在各地估計拍了三百多個廣告，說多不多也不算少，同時間我也當藝術總監，做了十多廿部電影，這些都從八十年代初開始，可說都是無心插柳而成。某年我被邀當《香港小姐競選》中「最上鏡小姐」評判，同場另一評判新浪潮導演章國明被邵氏力捧開戲，他就找我幫他當新電影的美術指導，後來泰迪羅賓告訴我，是他力薦我入行。同時間，廣告才子朱家鼎也找我救急，幫他的一個廣告做美指，我由他在達彼思到成立靈智廣告初期，幫他做了很多廣告。這新客戶對他非常重要，結果 Puma 令他聲名大噪，最後更抱着鍾楚紅成家立室，阿紅最早拍的電影和廣告都與我有關，更見證他倆走在一起，每次見到阿紅除了擁抱都不知從何說起。

人生的旅途往往是不由自主，上天冥冥中自有安排，我由一個出版人變成廣告的創意總監，也搖身成為廣告導演，我只可說也是上天安排，開始四處漂流，成為沒腳的流浪鳥。因為終日拍片，所以也終日要到處看外景，我常笑說，別再找我去看日出日落，披星戴月已看了不少，聽到已想嘔吐，算了吧！對我來說已沒甚麼新鮮感，多靚的景看得多已麻木。

一些行外人，聽到我可以四處周遊列國看過不少風景，生活很寫意，倒像是份優差，令人艷羨不已。我可以說這不過是表象，你沒看清楚背後辛酸一面。我險被抓多次，早年到馬來西亞拍可樂廣告，當地仍很保守，廣告女郎要穿得密實連臂也不能露，牛仔褲也不能出鏡，總之限制多多，製作公司不能隨便外聘過江龍，最多只發兩個Permit，偏偏這部大型廣告片，請了位英國導演、澳洲攝影師和我這個香港美指，再加上一位紐約來的金髮製片，很明顯我和製片都只能無牌工作，一次在海灘拍外景，一間投不到這項目的競爭對手通風報信搞破壞，通知移民局到海灘拉人，結果金髮美女太礙眼即被捉到遞解出境，我較幸運因黑髮兼東方臉孔混在人群中逃過一劫，是不幸中之大幸。另一次在紫禁城執導拍攝文物，我們循正途取批文在宮殿內拍攝，但料不到他們的關門時間極準，我因差少許鏡頭沒完成，那守門大嬸竟凶神惡煞召公安拉人，製片大姐大見勢色不對，着攝影師捧着菲林跟我分頭逃走，我是導演不能出事，可憐製片自己頂上被拉走，雖然最後有驚無險但已一額汗。

有次在台灣拍汽水廣告，為了一道山溪背景翻了多個山頭找合適的地方，最後找到個流水不斷，又有凌空小吊橋的理想地點，結果拍攝當天，一位助理在水不及腰的溪泉中竟失足被沖走喪生，成為不幸的悲劇。拍廣告或拍電影，經常會發生意外，尤其拍電影都有開鏡儀式，最重要是祈求平安順利，這才是最重要。我拍電影曾目睹多次意外，特技人從高處墮下送

泰國拍攝

貴州黃果樹瀑布

球王比利

碧瑤山區拍攝

院。有次拍一個廣告，其中有幕是火人要從失事的車中走出來，我找了位全行最勁的特技人，最擅長拍火海逃生，事前買重保險全身做足安全措施，只見他瞬間便全身着火，幸千鈞一髮將火撲滅，只是分秒間，可能他已窒息，我在現場都有窒息感。

在拍廣告的過程中，當然有很多波折甚至發生險象環生的事，有時會身處險境，某次在印尼拍片，適逢發生排華事件，那天製作公司派人到酒店接我返公司開製作會議，途中局勢突趨惡化，傳出暴亂分子揚言要開始殺華人，所有的店嚇得紛紛關門自保，製作公司通知立即要車折返酒店，不要外出靜觀其變，幸而接送我的已是武裝保鏢，心理上較安全，原本想立即去機場遠離險境，製作公司老闆苦勸一動不如一靜，結果在酒店悶了幾天終壓制下來，才恢復拍攝。另一次在菲律賓，有段時間流行綁架華人富商，我的好友Robert是當地華商僑領自然高危，要加多幾個保鏢以策萬全，他還派了兩個給我以防誤中副車，他說綁匪中有些還有軍方背景，可謂兵賊難分。

又有次我要拍一個銀行廣告，內容需要一些菲律賓農作業場面，為此我要去參觀很多不同的種植林及農田，這是個很好機會可以親睹種植菠蘿、香蕉、芒果、牛油果甚至蘆筍的種植園，可用一望無際，大到無倫去形容。我之前曾試過坐私人飛機去視察香蕉園，可見規模大得驚人，事後才知這是世界其中一個最大的香蕉園。這次要看的外景全部位處菲律賓南部，製片、助製、外景助理及司機等幾人大清早來酒店接我起行，全日行程緊密，一路會看不同的農作物，預計傍晚抵南部某小鎮，留一天便回程。

負責找外景的是位老手，一路上嘴不停講笑話及講他的威水史，他替很多外國製作找外景及特別道具，哥普拉的《現代啟示錄》，原來是他負責找死屍回來作道具。如是者全程聽他噴口水，也看了一天外景，抵南部時已筋疲力盡，但最後仍決定立即連夜回程不想過夜，回程時製片叫大家手拉手圍了個圈祈禱，事後我才知回程才是惡夢的開始。原來南部是菲律賓高危之地，不停有戰火，到處是恐怖分子遊擊隊，怪不得在回程時，那個原本很多口的竟然鴉雀無聲，他心知肚明這其實是危險旅途，全程要萬分小心，在漆黑中高速前進，偶爾在車頭燈掠過時，會見到荷槍實彈身份不明的人，隨時擦槍走火不知怎辦，雖然最後平安返抵馬尼拉，但各人已一身冷汗，我也狠狠地抗議隱瞞旅途的危險性。

無可否認我的拍攝生涯也有輕鬆寫意一面，有次要在夏威夷找外景拍個汽車廣告，為此我先後多次到夏威夷找外景場地。夏威夷不愧為度假勝地，日本人很喜歡去夏威夷游水滑浪，我也少不免遍遊各大滑浪勝地，見識滔天巨浪，有時浪頭可高達七、八米，聽到都驚心，不時可見海豚逐浪，連座頭鯨都有出現，在著名的 Oahu 島，攝影師 J.T. Gray 便曾拍下一對母子座頭鯨與六屆滑浪冠軍塔梅加同場滑浪的珍貴照片而揚名。我則在找外景之餘，不忘到處覓食，刺身壽司比日本相宜很多且水準不錯，始終很多店是日本人經營。到正式拍攝時，因我們都不是公會成員，不能公然拍攝，我請了一班當地的公會專業團隊負責操作，我們只在背後指手畫腳。夏威夷的天氣很好，即使大雷雨轉眼就會雨過天晴，一天之內已有齊陰晴圓缺，那次拍攝很暢順，每天四點已收工，接着 Happy hour 兼安排豐富晚餐，我從未試過拍得如此舒適寫意，全程像度假而非工作，更難忘是當地那位美少女製片見我看完外景身水身汗，特邀請我到她在太平洋海畔的大宅下午茶，還要我在她家的大浴缸裡浸泡泡鬆一鬆，前面落地大玻璃觀看太平洋的日落美景，我差一點都睡着了。

在路途上的人形形色色，有拖男帶女，有前呼後擁，大部分時間，我只是孤身上路。我再不年輕，不是那些塗鴉少年，更不是踩着滑板的街頭小子，時刻保持初心唸着 Keep it real，那不過是口頭禪。在《大話西遊》中，紫霞仙子眼中的蓋世英雄是踏着彩雲，帶着七色彩虹出現，那確是種氣勢。人生像一場又一場的旅途，不一定有目的地，但會有不同的風景和際遇，即使有時擦身而過，成為美麗的遺憾，當你睡醒，仍不介意趁着晨曦第一縷陽光，踏上你的彩雲重新上路。

菲律賓南部農作物

我與攝影師 *Wai Hong*

尋找內心的遠方

Co-ordination / Eddie So, Chowchow

Photography / Aron fotografie system / Ariom Leung

Art direction & Personal belongings / William Szeto

西班牙南部西維爾

(Photo/ Jack Dumaup)

西班牙打冷 *Tapas*

西班牙給我的印象很慵懶，應該是正經工作時很懶散，常常無精打采的樣子，跟他們做生意的多半會被激死，找半天都不見人，遲遲不回應，下午人人趕着午睡，你急他不急，一天到晚都好像在休息。西班牙人愛午睡愛到甚麼程度？在馬德里有些睡吧，專供人睡一會，這些休息室每次可小休二十五分鐘。也有人發明個小睡枕，叫「鴕鳥枕」，像個頭套包着腦袋不見天日，只露出口鼻，方便專心睡覺。

奇怪的是，當他們不用工作時就立即龍精虎猛，個個都變得很熱情。如果去當地工作，可能會被激到嘔血，但如果有閒錢，到當地 Hea 着散心浪漫，那倒是個不錯的地方。觸目皆是色彩繽紛的建築物，全國遍佈各種文化遺產，藝術館博物館更是星羅棋佈，充滿着濃厚的文化氣息，當然有那個建了百多年尚未完工的高第聖家堂，還有畢加索、達利、米羅……到處可見到喝酒聊天吹水的人群，無論到富麗堂皇的大酒店，或是市井風花雪月的小酒吧，都少不了嚐到令人眼花繚亂的 Tapas，原來喝酒聊天食 Tapas，那才是真正的西班牙式生活。

在西班牙，午餐晚飯都不宜用正常時間去理解，當地人的午餐一般在兩點才開始，晚餐要在九點十點後，而兩餐之間的幾個小時，都是大部分人聚會聊天、喝酒、飲咖啡食 Tapas 的時間，各式各樣的 Tapas 才是西班牙美食的精髓。Tapas 說穿了其實是用來送酒的小食，有人說像日本居酒屋的小菜，我覺得倒像以前去潮州巷打冷。日本人晚上喝酒，很多時不願待在一間，喜去完一間接一間，飲到行不到路為止。西班牙人也不會在同一間酒吧久留，喜歡喝完吃完又向下一家出發。日本人叫「爬梯式喝酒」，在西班牙被稱「Tapas 蒼蠅」。

最初的 Tapas 不過是「下酒小菜」，客人到酒吧喝酒，酒館就附送些小食，給客人伴酒，先墊點食物在胃裡才不易醉，希望客人越食越有味，而酒也越喝越多。酒吧主要目的志在賣酒，通常這些小菜都不收錢，時至今天妹仔已大過主人婆，除了小鎮酒吧仍保留這傳統外，大部分已照收菜價，成為國民美食揚名世界，幾年前更申請列入世界非物質文化遺產中。據西班牙皇家美食學院的校長 Rafael Ansón 認為「Tapas 並不是專指某道菜，而是一種飲食方式」，Tapas 之所以值得保存，在於其不只是食物，更代表了一種生活文化美學。

一般講起西班牙美食，普遍印象多停留在海鮮飯，金黃米飯混着海鮮與番紅花的香氣，成為最多人識的西班牙菜式，這印象已入腦，但這不過是入門，Tapas 才是真正的精髓。勝在隨

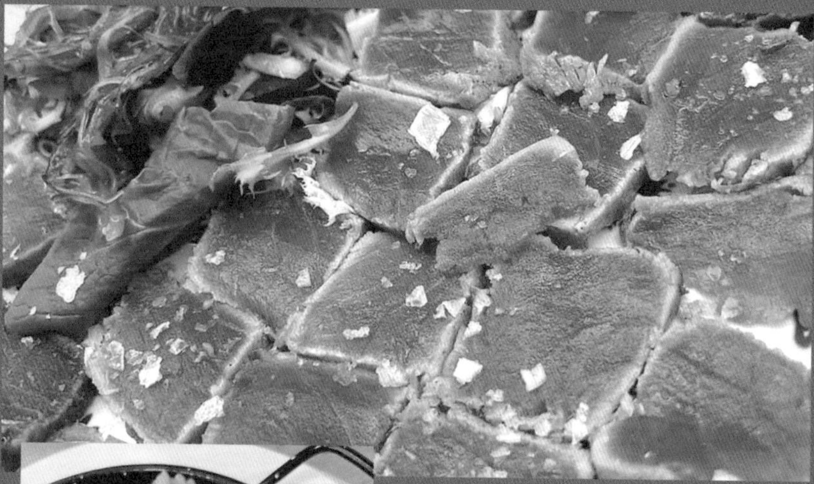

Tapas

(Photo/ Jack Dumaup)

意性強，沒固定形式和沒規定到底甚麼才是 Tapas，食材多樣化不拘形式，原則上只要食物的味道不相衝即可，Tapas 不過是統稱，對於西班牙廚師來說，只要材料充足，能發揮想像力就能做出各式各樣的 Tapas，好處是隨心所欲，隨時會帶來驚喜。

Tapas 餐館的特色就是各有各的性格，各講各的故事，小小的食物已可包羅萬象變化無窮。要看餐館的質素有多好也不難，除了歷史有多久，還可看所展示 Tapas 的種類及所配搭的美酒，通常種類越多越好。你留意很多館子喜歡將自家製的手工臘腸及著名的伊比利亞火腿高掛在天花板，以宣示自家出品有多特別，好像我們去一些名店食鮑參翅肚，都喜歡在入口擺出巨型天九翅大網鮑以顯身價。不少 Tapas 酒吧也會在門外擺放小黑板，寫上自家的招牌 Tapas 來招攬生意，看其菜式也大概已知其分量。

別看 Tapas 小菜一碟，學問卻奇大，各地風味不同，南部和北部差異很大，如按地區或名字，可隨時數出上千種。在南部，Tapas 被稱為 Montaditos，意思是「架上去的」，就在一小塊的麵包上，放上各種食材，一小口便吃完，就像意大利人吃的 Bruschetta，是前菜及佐酒小吃，用當日最簡單又新鮮的食材做出最美味的食物，加櫻桃茄及九層塔之類放在烤焙的香蒜麵包上。在北部叫 Pinchos，意即串燒，因為這裡的 Tapas 是用牙籤固定在麵包底上。另一種叫 Banderillas，即鬥牛用的旗槍，用五彩的串簽識別各種材料製成的 Banderillas。

正常的 Tapas 大部分都應該袖珍小巧，不超過隻手掌，呈球形或塊狀，不會太大，可以兩根指頭便輕易夾起，不能鬆散易碎，不流湯滴水。生冷的 Tapas，一般放在餅乾或切片法包上，可放各類涼菜，如各類芝士、醃橄欖、沙律或火腿凍肉等，也可以是熱菜，如炸魚、炸小魷魚或墨魚圈、煮薯煮豆、燉肉、海鮮飯等。今天的 Tapas 已經發展得有如天馬行空，想得出就做得到，新一代已不管是否真的西班牙風味了。

Tapas 給我的感覺很像在日本去居酒屋，小碟小碟的叫來送酒，食得又飲得很滋味。記得有一年，我一位老友因經營幾間餐廳，生意火紅想再開新店，他請我代安排到日本考察，找點新靈感及想在日本開店。於是我安排一眾人，帶他們去日吃夜吃瘋了幾天，結果他們最喜歡就是去居酒屋和食 Tapas，覺得夠氣氛和食物豐富，尤其新一代的居酒屋，早已改飲紅酒開香檳，我建議不如沿用這概念，做潮州式打冷 Tapas，保證耳目一新。

在聖誕新年節日，所吃的 Tapas 更富貴，由煙三文魚，到金槍魚或魚子醬到黑松露、鵝肝等應有盡有，所有富貴食材在這時間傾巢而出。一家餐館的底子有多深厚，歷史有多悠久，往往可從 Tapas 的質素上看出端倪，想起來就像一些本地酒家，愛在店面擺出珍貴食材以顯身價。如果餐館將上好的伊比利亞火腿和手工臘腸掛在天花板上，表示這館子相當以自家製的 Tapas 自豪，還有多少種類合適與之匹配的美酒，種類越多，通常越好，顯示高出一般水平。不少酒吧門外的小黑板上都會寫上自家製的拿手招牌 Tapas 來招攬生意，下次如果光顧這些「專門店」，記得落足眼力，找出你所喜歡的 Tapas，給你個貼士，可試找其中有沒有慢烤薄皮、脆若食薯片的乳豬，或紅蝦熱狗，記得要有蝦膏的蝦頭，配上雪利酒 (Sherry)，就有天上人間的感覺，在芸芸 Tapas 中去尋寶，隨時找到驚喜，也找到樂趣，這大概就是 Tapas 迷人之處。

西維爾街頭

(Photo/ Sally Dumaup)

威尼斯聖馬可廣場 *(Photo/ Eddie So)*

自我一套的飲食文化

以前廣東人碰面總喜歡隨口說：「飲茶未呀？」算是日常問候語，而意大利人的問候語是：「Prendiamo un caffè？」（要喝咖啡嗎？）由此可見意大利人多喜歡飲咖啡，事實上咖啡對他們來說是神聖不可侵犯，有自己一套飲咖啡的習慣，也以自我為中心，認為代表了咖啡文化的最高標準，所有的咖啡也應該以此作為衡量的準則，別人怎說都聽不入耳。意大利人每早起來，第一件事不去梳洗，反而先來一杯摩卡壺咖啡提神醒腦。每天起床，用摩卡壺煮一杯香濃咖啡，對他們來說，就像喝水那麼平常。在意大利很少見到咖啡連鎖店，有人說外國人在意大利開咖啡連鎖店就有如在關公面前耍舞大關刀，自討苦吃兼自討沒趣，麥當勞就曾在意大利嘗試去賣咖啡，結果死得很難看。

強如星巴克也嘗試了很多年，直到二〇一八年才能在米蘭開第一間店，不過到今天是否成功，是甜酸苦辣就心知肚明，可能是杯濃濃的苦澀黑啡。創辦人 Howard Schultz 坦言，品牌的誕生靈感是來自他年輕時的米蘭之旅，得到很大啟發，對咖啡師的工藝，意大利人的精神，熱情和友好，及對質量的要求和品味留下深刻印象。咖啡文化在意大利已不僅僅止於一杯咖啡，而是環境氣氛，是一個可以放鬆的空間，是人與人之間的交流，與心情的轉換和與人的接觸，人通過咖啡擁有更加親近的關係。在意大利，咖啡不單是種提神飲料，更是一種生活態度，享用咖啡的習慣也與別不同。

很多年前，我初到米蘭，因習慣了在香港常泡咖啡室及下午去 Low Tea，便想當然以為一樣，結果發覺他們飲咖啡的方式和習慣竟是兩回事。意大利隨處可見掛着「Bar」的標識，那即是 Café，你大可以走進去享用一杯咖啡，喜歡站着喝，快速喝，平時喜歡慢活，但一到咖啡時間就要速戰速決，可能 Espresso 這字就有「快」的意思，不用十秒鐘就做出來，喝得也快，一杯三十毫升的意式濃縮咖啡，由感受濃稠的 Crema 到品味咖啡之酸苦風味結合，只需要三口，有些更痛快地一口而盡，滿腔咖啡香。他們常常在咖啡吧點一份濃縮咖啡後就快速喝掉。喝咖啡可選擇在吧檯（Al Banco）或在餐桌（Al Tavolo）享用。埋吧檯只需一歐元，很便宜，若選坐咖啡館，等侍應生為你點咖啡，就需二到三歐元，一般習慣不喜外賣更不喜歡用紙杯，要用瓷杯那才像喝咖啡。

港人喜歡的卡布奇諾（Cappuccino）他們只在早上喝，拿鐵咖啡不叫 Latte，你要講清楚是 Coffee Latte，否則會給你來一杯牛奶，他們覺得加了很多牛奶的拿鐵不算是咖啡，只不過是

gelato

STARBUCKS®
ESPRESSO
CONFECTIONS
Our signature espresso —
the heart of every rich temptation.

杯飲料。所謂 Coffee 往往是指 Espresso，這咖啡含有高濃度可溶解物質，表層帶有些棕色的咖啡油脂，我對那層浮着的脂光特別有感覺，濃郁芳香令人精神一振，如想再勁就來一杯更濃郁的 Double Espresso。他們相信濃縮咖啡會在短短幾十秒內就會失去最棒的味道，所以要趕快將它喝掉。

意大利人對飲食有自我的一套見解，非常執着和堅持，他們的頑固有時令人不歡，像我那位意大利的親人，對我特別親近，也很遷就我，但一談到飲食，大家就周不時會面紅耳熱，可以說死牛一邊頸，親戚都冇面俾。與他同檯食飯有時好煩，餐餐飯都喃喃自語，評這個醬汁不應有海鮮味，多一粒蝦他也不吃，每種味道該怎樣就怎樣，別改變它的原味，應怎配搭就怎配搭，這是歷代優良傳統得出來的結論，口味不會一下子改變。這不是他個人的口味和習慣，我有不同的意大利朋友，也曾在那邊生活過，發覺幾乎人人都是這副德性，是民族特色，久而久之我由啼笑皆非到擁抱，尤其他們對食物的堅持和尊重，是令人佩服，也感到這性格其實巒可愛。

由簡單地煮一盤意大利麵便看出端倪，他們要麵芯像針孔一點白，剛剛熟方叫 Al Dente（「彈牙」的意思），熱騰騰的麵要在第一時間端上碟就要吃，他不會等你埋位。像小野二郎說，壽司從上桌之後到入口不要超過三秒鐘，這才是最美味的時間。在意大利麵上放番茄醬是罪大惡極，他們要用新鮮番茄去煮而不能用茄汁，麵不能放入凍水煮或過冷河，通通不能接受。像吃 Pizza，千萬別放菠蘿，對這種美式 Pizza 意大利人嗤之以鼻，記得在疫情期間到處搶食物，在意大利的超市，其它食物都被搶空，但偏偏剩下大量菠蘿 Pizza，意大利人說：「寧願餓死也不會吃菠蘿 Pizza！」

意大利人的飲食哲學與美式那套背道而馳，甚麼都對着幹，食雪糕意式雪糕叫 Gelato，認為並非美式的 Ice Cream，造法是自然攪拌，均勻降溫，配方中忌廉較少、牛奶較多，採用天然材料無添加，口感更綿密、層次更豐富，遠比美式雪糕的健康美味，是兩件不同的事。意式雪糕他們從少吃到大，咖啡也是從少飲到大，對於咖啡濃縮液的濃、苦、酸味道十分習慣，每天閒閒哋會喝上五、六杯，醒來第一件事就是飲咖啡，晚餐後又來一杯，完美的一天，就這樣以咖啡開始，以咖啡終結。

後記

幾年前一項針對二十四個國家做的調查報告，意大利的食物是全世界最受歡迎的類型，其中如意大利麵、Pizza等幾乎到處可見，但同時因各地風俗民情差異而變調的意食，就令很多意大利人認為違反意式風味，是不可接受之「美食犯罪」。如其中「三大違背」，第三位是在Pizza放菠蘿，是不能接受，而比這件事更不能接受的，是第二位的凍水煮意粉，認為這並非正統煮意粉方式，最大「罪」是第一位在意粉加茄汁，他們已擺明不要用罐頭番茄，現還要淋茄汁，是啥意思？

有趣的是，在這調查中能夠看到的十多項「罪名」，在香港幾乎是全數通過，樂於接受。你可以說意大利人都幾玻璃心，自己不喜歡就不要吃，都不須大發雷霆，看看港式的湯意粉或炒意粉，早已成為茶餐廳的早午晚餐，他們肯定會激到爆血管，但你撫心自問一下，如果你在唐人街吃到爛飯漿成一碟的所謂揚州炒飯，還能入口嗎？你何嘗不是激到爆血管。

BIALETTI
Moka Express
MADE IN ITALY

FISH 'N' CHIPS
SEASON
WITH SALT
& VINEGAR
a Great British
Tradition

FISH &
CHICK

報紙包着的炸魚薯條

在旅途上，有時趕路有時漫無目的在「Hea」，很多時需要找點東西吃填肚，漢堡包可能是其中方便之選，但我從小都對這個包興趣不大，寧願吃個紐約式的大熱狗。不知是否心理作用，有些食物與某些地方結緣，好像在適當的地方吃，會特別對味道。如到紐約，吃熱狗就好像特別對胃口天經地義，如果沒空坐定定開餐，食熱狗確方便又好味，在曼哈頓的街上，常見到的美食小餐車，有一半以上都可買到熱狗，街上吃熱狗，已成了大都會的街頭風光。相比這些美式快食，我更喜歡英式的炸魚薯條。

記得多年前，英國BBC曾報導過一則趣聞，事源一間位於倫敦與約克之間的一條主要交通樞紐附近，有間原本寂寂無聞的普通炸魚薯條店，某年生意突然火爆起來，而捧紅這間店的，正是千里之外過來旅遊的強國遊客，他們慕名而來，就是要品嚐炸魚薯條，這種原本是英國的街頭小食，深入強國民心的主因，是因為習總在二〇一五年訪問英國時與時任英國首相卡梅倫一起吃炸魚薯條而紅起來。這家名叫「Scotts」的炸魚薯條店每周接待一百多名強國遊客，數目有增無減，後來該店老闆抵不住強國企業招手，終在成都開設一家一模一樣的炸魚店，聽說生意很好，遍地開花指日可待。

英國一直以來，都好像與美食絕緣，美食指數遠比法國、意大利、西班牙等為低，相對亦較失色。英國要遲到一九九五年，才由當時三十三歲的 Marco Pierre White 摘下米芝蓮三顆星，成為第一位英國廚師，同時也是當時最年輕的廚師，獲得三星榮譽，他是昔日以性格乖張狂妄著稱的「廚房壞男孩」，他當倫敦 Harveys 主廚期間，後來成為「地獄廚神」的 Gordon Ramsay，只不過是他廚房裡的學徒。可能大家沒留意，這兩位廚神做的炸魚薯條其實都很出色。很多人錯覺誤以為英國人整天是吃炸魚薯條度日，其實大多數英國人並不是經常吃，吃的次數遠比想像中少，就好像很多老外誤以為我們一天到晚都食北京填鴨，你自問，上次食填鴨是幾時？

炸魚薯條在新西蘭、澳洲及英聯邦也很受歡迎，現美國有過之而無不及，反而香港早年自英傳入到現在都不甚流行，炸魚店很少，以前在灣仔合和附近曾有間較具英國風味的炸魚店，大大件的魚，加鹽加醋，我最喜歡有報紙包裝，感覺上原汁原味，這傳統到八十年代才開始消滅。據說在英國，早期還指定選用包薯條的報紙一定是當天的《泰晤士報》，可以一邊吃炸魚一邊看當天新聞。後來因報紙的油墨太多，不健康被禁止，現今的薯條早已改用乾淨的白紙或者紙盒裝，報紙也只不過是裝飾圖案。

不過，對大多數英國人而言，炸魚薯條倒是頗經典的Comfort food，有人認為最好靠海邊吃才夠風味，我很同意，近年我的意大利親人每次返港，總喜歡找我作伴到海灘曬太陽喝酒吹水，有年無意中給我找到間近在海灘的小吧，發現竟做出超水準的炸魚薯條美食，主因是老闆每天選用新鮮魚去炸，皮脆肉嫩自然勝人一籌，每次我去海灘必配以蘋果酒伴之，難得找到一道美食，可惜後來小店被一場颱風毀掉，我也失去一秘食小店。

我很多時食早餐如見有炸魚薯條會禁不住點上，坦白說是失望居多，始終不是那種調兒，記得我食過最滋味的一餐炸魚薯條並非在英倫，而是在曼谷。多年前某個早上就在下榻酒店對面，無意中入了間不甚起眼的小餐廳，打算食早餐，見有炸魚薯條便點了，出乎意料那炸魚很鮮美又夠厚肉，禁不住連Encore兩份做早餐，想起來都算任性，所以印象難忘。

常用作炸魚薯條的魚種其實都頗多，尤其英國是海島，四面環海漁獲甚豐。大多數英國人的首選都是鱈魚／真鱈（Cod），是漁獲量最大的鱈類魚種，肉質緊實鮮美，是最合適的炸魚品種。Cod的肉質最厚實飽滿，炸後容易保持濕潤柔軟，但「魚味」比較淡。其次是黑線鱈（Haddock），真鱈的近親，風味不及真鱈濃郁，較薄一些，但容易入味且滋味鮮美。狹鱈（Pollock）比真鱈稍小，在北美較常見，肉質接近真鱈。其他還有鰈魚（Plaice），即比目魚，與鱈魚同為最常見的炸魚品種，肉質柔軟細膩，風味清雅。大比目魚（Halibut）是一種體型巨大的比目魚，可超過兩米，不過肉質較粗。鰨魚（Sole）即箬鰨魚，比鰈魚的肉質更柔軟，體型較細小。檸檬鰨是常用於油炸的品種，即龍利魚。稱「Sole」的魚越來越多，較高檔的多佛鰨魚（Dover Sole），源自英格蘭肯特郡的多佛港（Dover），以前多數的鰨都由此港上岸。多佛鰨魚通常不會用來做炸魚，因可做更名貴的菜式，這魚我特別喜歡烤或煎，肉質非常纖細，還有其他鰨魚所沒有的彈性，非常好吃。

英國人很少會在家裡自製炸魚薯條，好吃的炸魚薯條是要用大鍋油深炸，一般家庭沒這種配置，油溫要高達攝氏一百八十度，口感才特別鬆脆。別以為炸魚薯條簡單，要好就絕不容易，首先魚要新鮮去骨，首選是Cod（鱈魚），其次是Haddock（黑線鱈）。魚肉新鮮柔嫩多汁，炸後方能與麵衣的香脆口感形成一體。傳統炸魚的麵糊會用啤酒來調，啤酒內有二氧化碳，炸時不會容易被蒸發掉，與油溫結合下做出來才特別香脆。

此外還有「Breaded」和「Battered」兩種不同做法，Breaded fish 是以沾裹麵包粉再下去炸，炸完麵衣很貼魚身，吃來外層酥酥脆脆的，魚肉很鮮嫩。Battered fish 則是一般最常見的吃法，魚裹上麵糊去炸，炸完麵衣很膨鬆，就像天婦羅。記着魚一定要新鮮，炸油要非常乾淨，麵衣要爽脆，不能濕軟扁塌也不能油膩。薯條宜厚切，灑上海鹽、檸檬及麥芽醋，還有那碟塔塔醬最好自調。至於另一經典配菜到底是配青豆泥或是酸黃瓜？這是連英國人在吃炸魚薯條時，也經常爭持不下的問題，我則兩者都吃。

炸魚薯條在英國遍地都是，間間都聲稱自己的最正宗，但當地人說正宗的是不在餐廳飯店裡吃，那只是騙騙外地人，最地道的，應該藏在街巷中的小酒館，甚至快食炸魚店裡。兩者的口味可能差別不大，但對當地人來說，去不同的場所用不同的方式進食，就會有不同的風味，上餐館，就得正襟危坐用餐盤舞刀叉，有餐桌的禮儀，像紳士般一刀刀輕細地把魚肉切開，又一叉叉地戳起厚重的薯條，感覺像在鋸扒。

在偏遠的蘇格蘭，位於 Anstruther 靠海小鎮上，就有間毫不起眼的炸魚店 Anstruther Fish Bar (Anstruther, Scotland)，這小店佔了地利，他們的魚來自北海打撈的鱈魚，肥美新鮮用來做炸魚，起鍋時，魚塊麵衣炸得毛茸茸燦爛金黃，裡面的魚肉既白又香軟像嫩豆腐，難怪老饕聞風而至，地方淺窄，一天到晚都要排隊，連湯漢斯、羅拔迪尼路，甚至威廉王子都曾慕名而來。這間小小的炸魚薯條店自開業以來已獲獎無數，更曾被選為全英最佳的 Fish & Chips Shop，店雖小但名氣大，不須豪裝也客似雲來。

至於食炸魚究竟應該坐館子，還是拿着在海邊吃，當然別忘記小店是用餐盒裹着，也有用報紙包着，用手拈着，別忘灑上海鹽和麥芽醋，在涼風習習下嚐一口剛炸起熱呼呼的炸魚，外酥內嫩層次鮮明的口感，薯條酥脆綿軟，感覺和在餐廳吃不一樣，你知有甚麼不同，原來自由自在地吃，竟會多一份痛快感。如果換過一個場景，轉過一個身份，可能你更能體會到甚麼是舌尖上的味道，這感覺大概要問問威廉王子，他會給你答案。

相關資訊：

Anstruther Fish Bar (Anstruther, Scotland)

地址：43 - 44 Shore Street, Anstruther KY10 3AQ

電話：+44 1333-310518

(Photo/ Justine Emma Szeto)

(Photo/ Nancy Li)

從街頭到餐桌的漢堡

又疫情又戰亂，全球經濟不景，有所謂庶民經濟指標，以前在美國，每當經濟不景氣時，口唇膏銷量會上升，因唇膏是較廉價的消費品，在經濟衰退，人反而有強烈消費慾。同樣，快餐是較平食品，經濟向好市場興旺時，快餐店最受壓。但經濟差反而會好生意，不景時刺激消費上升，你不見兩餸三餸已周街熱賣，上館子意慾，就算解限聚在短期內都難回復昔日的旺場。當年全美最大的兩間快餐店 Burger King 和麥當勞，都是在經濟極低迷下，先後推出招牌經典漢堡包，Whopper 和巨無霸（Big Mac），一直熱賣至今，可見食漢堡都可成為經濟指標，當然今天的漢堡已非當日的廉價速食，有些更登上了富貴餐桌。

不久前又有一名牌漢堡面世，這次是球王美斯（Lionel Andrés Messi），他除經營酒店業務外，現推出自家品牌漢堡，早前已在邁阿密及科羅拉多的 Hard Rock Cafe 試賣，試賣價十一點九五美元（約九十三港元），包內有兩塊牛肉餅和配料組成，包括芝士、香腸、焦糖紅洋蔥、生菜、番茄和著名的「硬石」煙燻醬等，看組合沒有甚麼新意，賣的不過是美斯的名氣，與大部分的快餐漢堡大同小異，我沒吃過不知味道如何。不知這個美斯漢堡是否和「硬石」合作，突然聽到這名字好像拉我返回盤古時代。

回想上世紀七十年代，兩個住在倫敦的美國人因思念家鄉的美式食品，尤其是大大個的漢堡包，當時倫敦沒有一家正式的美式餐廳，因而觸發開了 Hard Rock Cafe，提供美式食品及販賣流行文化，同時展出全球最珍貴的音樂紀念收藏品，由 Eric Clapton 的一把珍藏結他開始，「硬石」現時已擁有八萬多件的珍貴音樂收藏品，全部來自當紅的藝人和殿堂偶像，可說是世界上最大的音樂紀念品收藏館。當年曾經小鮮肉的我每到新城市，都會找間「硬石」去打打卡，買個杯及T袖留念。曾有個鐵粉，走遍了全球近三百間 Hard Rock Cafe，花了將近三萬英鎊，就為吃他們的漢堡和薯條，不要以為他們只有情懷，漢堡才是這餐廳的王牌。當然那只是陳年往事，時至今天早已記不起那漢堡的味道，而收藏品也煙消雲散不知所踪，只有祝美斯漢堡好運。

在芸芸漢堡中，日本的漢堡連鎖店 MOS Burger 較特別，有自己一套經營理念，很在意本身的日本風味，開發「照燒牛肉堡」，即在肉餅上塗味醂和醬油，用日式照燒調理法製成漢堡。Sukiyaki 漢堡有壽喜燒味道，在雙層牛肉漢堡放燉牛肉、蔥與半熟蛋，最後淋上醬油、清酒、糖、味醂與日本高湯，以結合壽喜燒元素。還有很多季節性出品，春季把櫻花蝦入饌，推出限定的櫻花蝦海鮮珍珠堡，以原隻櫻花蝦配上招牌海鮮天婦羅和香軟飯堡。米漢堡是一種融合東西方元素的快餐產品，以米飯類似握壽司手法壓製成的圓形薄片烤壓製成「米板」取代用麵包夾餡，擺脫漢堡一定用麵包夾肉的固定模式，可見日本人在餐飲上的創造性。在日本時，每次經過MOS都會看上一眼，又有甚麼新食譜新玩意，可能我有段頗長時間是個專拍食物的廣告導演，很多大品牌都拍過，成了職業病，見到甚麼可食入口的都品評一番。我沒拍過MOS，但在日本遊街時偶然都有吃，順便作品檢兼考察。

我其實很少食漢堡，一般的快餐漢堡我沒興趣，寧願吃隻熱狗，紐約式的地道街頭熱狗，很多時還會帶來驚喜。上館子我更少會點漢堡，心理上覺得漢堡是街頭食物，或開工時速食充飢，像食飯盒多過品嚐料理，談不上甚麼味道。不過在美國差不多已成主食，無數漢堡連鎖店、大小餐館都賣漢堡，他們的生活離不開漢堡，已成其美食指標。之前我看過報導，美國人每年約幹掉五百億個漢堡。如將之排列，大約有八十萬英里長，可環繞地球三十二次，足以到達月球，返回地球，再回到月球，想起來都誇張。

很多人對漢堡包愛恨交加，喜歡它的美味但又怕危害健康，其實今日的漢堡已不是昨天的「垃圾食品」，很多漢堡早變身成集碳水化合物、蛋白質、蔬菜於一身的「健康食品」，成為暢銷世界的方便主食之一。以往很多人會選漢堡包充飢，但如果當蔬菜和牛肉不再是漢堡的內餡，而是換上富貴的松露、鵝肝、魚子醬及神戶牛這種矜貴食材，變成高大威猛賣到天價，你還會嘗試嗎？

受到 COVID-19 疫情危機影響，全球餐飲業都進入寒冬，尤其是做 Fine Dining 的名店，哪管你幾多粒星，都被迫要停業或結業，可說血流成河，有些又開又關，關完又開，即使世界第一都要變通求存。曾在二〇一〇、一一、一二和一四年四次榮登 *Restaurant* 的世界最佳餐廳 Noma，可說是其中一間多災多難的代表作，不但曾停業半年，連主廚 René Redzepi 也確診為新冠患者。幸而隨着丹麥的防疫限制放寬，即轉型重開改賣漢堡，將餐廳旁邊的花園改放露天座位，提供較平價菜式，其中的漢堡生意竟然很好。重開首批客人是一隊由老師帶領的幼兒園學生，開門四小時，竟賣出一千二百個漢堡。之後每天平均賣出二千四百個漢堡，短短五周上門的客人數量已超越 Noma 過去六年所累積的人數，老闆見狀立即開設正式的漢堡店 POPL。

可能連 René Redzepi 也意想不到，選擇漢堡這窩心簡食作為疫情的 Comfort food，既簡單又低成本可作疫情緩衝，更可治癒人心。回想當日要在 Noma 訂個位，簡直有如中彩票的運氣，

LUKE'S
NEW YORK

体験しよう。
富士山
ライスバーガー
富士山珍珠堡 FUJIYAMA Rice Burger / with WASABI

今時不同往日，現在只要進去告訴他有幾位要幾多個漢堡便可，漢堡只得兩款，芝士漢堡和純素漢堡，但強調用最好食材，麵包現烤，用草飼牛肉和有機洋蔥。以前每位動輒要消費四百美元，現在只要十五美元就可進入Noma。去年美食界最大新聞是期待已久的Noma終躍升米芝蓮三星，更五度拿到World's 50 Best世界最佳餐廳，但之前餐廳的星級從未超過兩顆，今次可算吐氣揚眉。

其實更早開漢堡店的是出名火爆毒舌的三星名廚Gordon Ramsay，他最早在賭城拉斯維加斯開，就名Gordon Ramsay Burger，位於荷里活星球酒店（Planet Hollywood）內，拜高人氣，店經常排長龍。食住其皇牌節目，招牌漢堡包叫「Hell's Kitchen Burger」，算用足料，啖啖滿足，還有不少特色漢堡，連羊肉漢堡都有。不過較特別反而是「鴨油炸薯條」，有濃郁香味口感外酥內綿。承着名氣，今年初在韓國蠶室再開分店，聞說採用預約制，暫不接受即場排隊，試業時吸引兩千個名額在三十分鐘預約爆滿，可說是人氣爆燈。這店採用很多原地食材，有款「1966 Burger」黑松露韓牛漢堡，定價竟要十四萬韓元（約港幣九百零七元），我早年曾在韓國生活過兩年，可能有泡菜陰影，使我對韓食有點偏見，對這富貴漢堡零興趣。

說到富貴漢堡，不知這「Fleurburger 5000」漢堡算不算是極品，是拉斯維加斯一間高級餐廳

Fleur 製作，當年聲稱是全球最貴的漢堡，一份要五千美元。選用肉質細嫩，豐腴多汁的頂級神戶牛肉，又加鵝肝和黑松露，分量也不算精緻但都是貴料，雖然是漢堡中的上品，但值不值花上天價去吃，原來這份漢堡還附送一瓶價值約二千五百美元的一九九五年 Chateau Petrus，還送個名貴酒杯留念，妹仔大過主人，相信對象是在賭城贏錢的大豪客。

貴處未算貴，去年荷蘭餐廳 De Daltons 製作出「世界上最貴的漢堡」，用日本和牛、Beluga Siberian 鱘魚子醬、阿拉斯加帝王蟹和白松露，上下兩層麵包更用金箔包裹，耗時九個小時製作而成。一個漢堡要價五千九百六十四美元，已經超越之前健力士世界紀錄的四千九百七十一美元。雖然這漢堡昂貴，但第一個品嚐漢堡的荷蘭皇家食品和飲料協會主席堅持，用正統的方式去吃漢堡，即是要用雙手揑着食，認為這才吃得滋味，由於金箔關係，食到手指頭都變成金色。餐廳老闆 Robbert Jan de Veen 說，製作如此昂貴的漢堡，是因為看到今天餐飲業的慘況，希望製作這樣的漢堡，將所有收入全數捐給慈善機構，為社會做出貢獻。香港有這麼多富貴食堂，但未聞有哪位願意做些富貴菜去義助同業共渡時艱。

後記

我不喜歡食漢堡，其中一個理由可能令大家發笑，因我的口不夠大，又不夠技巧，經常食得笨拙，搞到飛散四處，但如果一本正經坐在餐桌用刀叉，我有太多其他選擇，又未輪到食漢堡，自己都覺得好麻煩！

相關資訊：

Gordon Ramsay Burger

地址 / 3667 Las Vegas Blvd S, Planet Hollywood Resort & Casino, Las Vegas, USA

電話 / +1 702-785-5462

POPL Burger

地址 / Strandgade 108, 1401 København, Denmark

電話 / +45 32-96-32-92

(Photo/ Chan Wai Hong)

加拿大周街食 *Poutine*

加拿大有一道特色美食叫「Poutine」，近年成為熱門話題，據新聞報導，魁北克省一家餐館不滿俄羅斯入侵烏克蘭的方式，暫時從菜單上刪掉了肉汁芝士薯條 Poutine 的菜名。這是在 Drummondville 的著名餐廳 Le Roy Jucep，以食 Poutine 出名，聲稱他們在一九五〇年代發明了「肉汁芝士薯條」這道菜。由於普京（Putin）的名字，在法國、魁省等法語地區寫作「Vladimir Poutine」，Jucep 宣佈暫時不再用「Poutine」去稱呼他們的「肉汁芝士薯條」。Putin 的法文原叫 Putain，妓女之意，法國人為免冒犯，改叫 Poutine，可見這名字頗有爭議性。

Poutine 這小食於五十年代才在魁北克出現，當時屬於低下階層食物，其實當年的魁北克仍相當貧乏，在社會中的定位等同於落後和廉價的勞動力，人們在當時以「是否食 Poutine」來定義一個人的社會地位，如果平常以 Poutine 作為日常食品，那你就是落後的魁北克人，有點像很久以前見人食粥水油條作正餐，家庭環境必定很差，沒能力開飯，類似的歧視造成魁北克與加拿大其他地區人們的矛盾與衝突，這現象持續很久，到今天魁北克已發展成重要省會，早已脫胎換骨。

其實魁北克屬法語系地區，深受法國文化影響，與其他省會不同，美食料理透着一股法式風情，秉承法國美食文化的優雅和浪漫，創出只屬於他們獨特的味覺體驗。好像芝士，發源自歐洲，魁北克自然得天獨厚，可以出產優質芝士，做出的 Poutine 也較優質。當地有很多食 Poutine 名店，除了 Le Roy Jucep。想品嚐最正宗的 Poutine，還有間二十四小時營業的排隊名店 La Banquise，這店幾年前經已故名廚 Anthony Bourdain 在其節目連食幾碟，點名推介後更火爆。

一般如果談美食，很少會想到美加，因食物一直比較單調，他們對食的要求，量比質重要，感覺上到處像充斥着爆錶的高危「垃圾」食品，這些都在國民的體型上反映出來。加拿大比美國好像略好些，但屬於很地道的美食始終貧乏。如果問加拿大有甚麼正宗地道好吃的，相信他們連自己也答不上口，大概當地沒有所謂「正宗」的講法，加拿大是個移民國家，人來自四方八面，料理包羅萬有，甚至東西交融，你說是 Fusion 就差不多。風靡北美現在連本地超市壽司櫃都有得賣的加州壽司卷（California Roll），便源自溫哥華，是當地的日本廚師用魚子、牛油果等北美食材創出來的壽司。如講加拿大的傳統美食，Poutine 絕對名列前茅，這種肉汁芝士薯條，是深受國民喜愛的一款日常美食，也算最具代表性的一種加拿大菜餚。

嚴格來說，Poutine 只算是街頭小食似 Fast Food 多過像菜餚，有如我們食車仔腸粉或粥麵檔的齋腸或炸兩，但上富貴飯堂食鮮蝦腸帶子腸或XO醬炒腸粉已是菜餚價。Poutine一般價廉物美，經典的加拿大薯條只有奶酪和肉汁兩種澆頭，但現在許多食店都發明了各自的升級版，加上各種肉類、蔬菜不同配料，一些大廚更將之菜式化，配上黑松露、龍蝦、和牛……等名貴食材，價錢自然也很富貴。如單看外表，Poutine確甚平凡，沒甚麼「賣相」，甚至可用「一坺嘢」來形容也不為過，不過以前我在加拿大都周不時有買來吃，尤其天寒地凍，有熱騰騰的芝士肉醬混着脆嫩薯條，頂肚又暖胃，是不錯的Comfort Food。有些加了肉碎煙肉，令我想起節日火雞的釀料加醬汁，令味道更豐富。

基本Poutine，主要三種材料，有炸薯條、芝士和肉汁（Sauce Brune），但首先，要有完美的薯條，這才是Poutine的靈魂。在美加各地，薯條被稱為「French Fries」，但薯條真的是法國人發明的嗎？起碼比利時不會同意，堅稱自己才是「薯條發明國」，應正名為「Belgian Fries」，還煞有介事想透過聯合國教科文組織「主持公道」，申請加入「非物質文化遺產」，但數年下來都尚未獲通過。薯仔可造成很多不同菜餚，塑造性高種類也很多，在北美市場較出名的烘烤薯，有褐皮的Russet Burbank，夏坡蒂品種也很合適做薯片薯條，這品種的薯形好、芽眼淺，又容易去皮，做出來的薯片薯條少出現洞孔和疤痕，如家有花園甚至可自種。我喜歡帶着薯皮的口感，優質薯仔就有這好處，連皮也好吃，以整個薯仔直接切條，角邊的不規則薯塊皆連着越嚼越香的薯皮，而成品更有種自家製的手作感和新鮮感，這是和街上的速食連鎖店量產的最大區別。

在街外所有餐廳或連鎖速食賣的薯條幾乎都是冷凍包裝薯條，當然最理想是可以在家自製新鮮薯條。冷凍薯條對餐廳或食堂來說是有其必要性，因需求量大，薯條必須事先處理，而薯仔切開後會很快褐變，影響食味和賣相，為防變色，冷凍薯條在包裝前都預先炸過，及在被削皮跟裁切之後，工廠會先用油炸，最後再冷凍。食用時再油炸，其中很有技巧，必須在一瞬間形成脆爽的外皮，否則水蒸氣就會不斷滲出，不僅會軟化外皮，還會導致薯條內部變得又硬又乾，熱油滲入更令食物色澤濃重，油膩不堪，總之要炸出完美的薯條是一點不易。

別小看區區一條薯條，看似簡單，原來要做得好吃就一點不簡單。不說不知，光做出美味的薯條已是一大學問。最美味的炸薯條必須做到外焦裡嫩，把切好的薯條放入溫度恰到好處的熱油中烹炸片刻，便可得到這種美味的組合。但怎樣才做出最有口感最美味的薯條？各大廚都有不同高見，多數廚師和食品科學家都認為，最好的薯條應該烹炸兩次，第一次用相對較低的油溫，第二次則用高火二次烹炸，以便形成酥脆的外皮。但二次烹炸方式未必是行業通用標準，如麥記會將切好的薯條先進行漂燙，然後冷凍，最後再按具體需求才現場烹炸。

這種二次烹炸的薯條就能帶來最佳口感嗎？這也不能盡言，如Fat Duck的星級名廚Heston Blumenthal就有他一套見解。他研發出一種烹炸薯條三步曲秘方。第一步用水輕煮，然後放進真空箱抽掉水分。第二步使用相對較低溫烹炸，第三步再用高火形成酥脆的外皮。最終做出的薯條非常乾燥，甚至帶有玻璃感的外表，內部卻異常蓬鬆嬌嫩，可以說是世界上最美味的薯條，不過這似乎已屬高檔Fine Dining的廚藝，如果要動用這功夫去做Poutine，我懷疑該收天價了。

後記

加拿大還有另一種街頭美食叫貝果（Bagel），又叫百吉圈。貝果有兩大主要流派，是南邊的 New York Style（紐約派）和北面的加拿大 Montreal Style（滿地可派）。滿地可的 Bagel 較甜一點和細一點，紐約的略帶鹹味，質地也鬆軟，兩者有頗大差別，紐約派是用機器量產，四處都是賣這種，而滿地可 Bagel 留着傳統製作工藝的精髓，用手工製，可算是當地美食，由於是手工製作不能量產，故只能作當地美食，連溫哥華的超市也買不到，香港更少見，可能只個別小店有自製。加拿大這種手工製作的傳統美食，也是很多餅師匠人想將之發揚光大。加拿大的歷史文化不夠深厚，美食貧乏，來來去去都只是些 Fusion 菜式，缺乏很地道的特色菜餚，反而有些小食是不錯，像 Montreal Style 的 Bagel 及現通行全國的 Poutine 就很獨特，不是到處有售的，所以值得捧場。

(Photo/ Clarence Cheung/ Teresa)

(Photo/ Chan Wai Hong)

紐約烏克蘭餐廳 *Veselka (Photo/ Veselka/ Jason Birchard)*

烏克蘭羅宋湯

羅宋湯的前世今生

俄烏大戰至今仍未平息，烏克蘭人和俄羅斯人同是東斯拉夫人，語言和文化同出一源，雙方都視自己為基輔羅斯的歷史繼承者，雖然在沙皇俄國和蘇聯時代曾同屬一個國家，但兩者「深仇大恨」，一直紛爭不絕，箇中恩怨從未間斷。在二〇一四年的俄羅斯冬季奧運上，奧委會提供選手村二十六萬五千份羅宋湯，向全世界宣示羅宋湯是「俄羅斯的味道」。二〇一九年俄國外交部又在官方推特發了則推文稱：「永恆的經典名菜羅宋湯是俄國最著名、最受歡迎的菜餚之一，是傳統美食的象徵。」兩國就為了一碗羅宋湯，在網上提早開戰。這場「羅宋湯大戰」從食物身世鬧到族群認同，可見雙方的文化戰早就打得不可開交。

羅宋湯不僅在烏克蘭被視為國民料理，更成為族群認同的象徵，文化部還試着向聯合國申請羅宋湯為烏克蘭的「非物質文化遺產」。對這國湯被據為己有，烏克蘭人憤怒回應：「好像偷了克里米亞還不夠，還想偷走我們烏克蘭的羅宋湯。」在紐約東村一間有六十八年歷史的烏克蘭餐廳 Veselka 的老闆說，雖然有多個民族，包括烏克蘭、白俄羅斯、波蘭和俄羅斯都聲稱羅宋湯是他們的國菜，但只有烏克蘭宣稱的理據最強而有力。羅宋湯絕對起源於烏克蘭，歷史的考古記錄中早已發現羅宋湯這些食材。羅宋湯現在到處都有，可能有百分之五的俄羅斯人說這是他們俄國人的菜，但其他百分之九十五的人都知道羅宋湯其實是烏克蘭菜。俄羅斯人聲稱這是他們的食物，但這是他們佔領烏克蘭後發展起來的菜餚。根據烏克蘭文化學會收集而來的影像和文獻顯示，羅宋湯最早可以追溯到十八世紀的烏克蘭。可見羅宋湯不是亂說也不是亂做，每個地方都有種說法和有個因由衍生出來。

我去過俄羅斯多次，既工作也浪蕩，住過一些時間，飲過不同的羅宋湯，由小餐館到大餐廳，到住家湯，有俄羅斯式、烏克蘭式到東歐式，各種湯水大同小異，基本上不過是雜菜湯，可能當地的食材及配料質素較次，煲出來的湯始終不夠鮮美。烏克蘭的羅宋湯習慣用紅菜頭，湯色鮮艷，也有肉，尤其加 Sour Cream，喝起來味道較豐富。如以色香味總計，我們的「豉油西餐」羅宋湯實在好味得多。曾帶到訪的俄羅斯朋友去嚐本地羅宋湯，他們都飲不慣變種味道，尤其那辣味，不過飲幾次後都同意味道的確不錯。

總覺得近年本地羅宋湯的質素已大不如前，要不是湯色單薄就火候不足，或是落太多罐頭茄醬茄膏，充滿味精及色素，湯是要時間慢慢去燉熬，如不講究食材火候，是很難煮出美味香濃的湯。很多時我寧願自製一煲，起碼真材實料無添加，保證原湯原味。私房羅宋湯秘笈也沒啥秘密，不過是多年飲湯觀察入微，有些基本功可和大家分享。這湯起碼要分量足，濃郁夠入味才有口感，在我來說，這才像樣子。要平衡湯的酸甜度，不過酸不過辣，也不能過甜，更不能水汪汪淡薄得如刷鍋水。

羅宋湯在原產地多數只是雜菜湯，我認為要加肉尤其牛腲牛筋才有質感。肉要切成大丁而非小丁，因喜歡有咬口，脍中有煙韌。肉必須先飛水切底去掉血沫雜質和異味。除了基本的蔬菜配料，會加少許辣椒和紅菜頭，另加芹菜入味，甚至加檸檬和橙，令味道更鮮美，湯煮好後便可撈走。切勿用番茄罐頭，用大牛茄一個打蓉一個去皮厚切。不須太多香料，煮時放兩片月桂葉，煲好時才下蒔蘿（Dill），Sour Cream 到飲時才放，香滑微酸才畫龍點睛。我喜歡落足料去熬一大煲，飲一半時留一半過夜更濃郁鮮美，有時乾脆留兩夜才飲更入味。飲湯豈能缺少靚麵包，豉油西餐都例配搭軟餐包，我反而不感興趣，如自家製羅宋湯，喜配烘熱的酸種鄉村包或 T150 法國全麥麵粉做的酸種麵包，味道濃郁口感結實，充滿外脆內軟的麥香原味。

原本好端端的一碗暖心湯，竟成了頂心頂肺的燥火湯。當你看清楚羅宋湯背後的滄桑史，原來也是一部可歌可泣的流亡史，從烏克蘭到沙皇逃亡到東北，逃亡到上海輾轉到香港，演變成豉油西餐的一部分。誰會知在某一天，豉油西餐又要收拾細軟，在某個天涯海角，再默默落地生根，展開羅宋湯的另一章。

相關資訊：

Veselka

地址 / 144 2nd Ave. New York, NY 10003, East Village

電話 / +1 212-228-9682

(Photo/ Veselka/ Jason Birchard)

(Photo/ Claudia Ng)

蔘雞湯(*iStockphoto*)

等你歸家的湯水

大概七十年代，青葱的我身在北美，本打算繼續升學，一位美國好友，力邀我到韓日發展，加盟他的出版社。受不住豐薪厚職，加上自知不是讀書材料，終答應移居漢城，當出版社的美術總監。我以為有優越的條件和特權，可享受天上人間的生活，豈料當日的漢城，並非今日的首爾，碰上仍處朴正熙的極權軍法統治，人民生活可以貧苦到不能想像。我是外來Expat，已可以享有很多特權，例如隨意進出一些平民的禁區，午夜宵禁前不用回家，也不用吃混着沙石的糙米，即使這樣，為安全計我下班後也不願意外出，寧願躭在屋邨的別墅內聽音樂，或去會所看外國電影及進餐，由於住所屬於美國軍官管轄範圍，一切起居生活有如在美國，見鬼多過見人，完全沒影響生活的質素，這幾乎成為我當時的基本生活模式，是個單調的宅男。

但唯一令我煩惱是幾乎所有食物都離不開朝鮮泡菜（Kimchi），即使我食西餐，食意粉飲羅宋湯，都有陣泡菜的味道，老實說，當年的泡菜味是頗惡頂，而我一天到晚到那處都像脫不掉泡菜的氣味，這陰影一直留到今天，始終對韓菜仍帶點成見。當年韓國的資源貧乏，韓牛當年是極品，除達官貴人沒多少人能食到。韓人喜食烤肉，但韓牛珍貴當時屬奢侈食物，一般百姓根本負擔不起。記得當時常被招呼到當地的名店，我常點韓式烤牛肉（Bulgogi），這是我最早識讀的韓文，因經常點這個烤肉，而我更喜歡是食烤牛肋骨。平心而論，今天的韓牛其實也不錯，相比起美國安格斯牛，牛味更香濃，比起入口融化的和牛，油花甘香而不膩。

韓國冬天冷起來不是開玩笑，天寒地凍我最喜歡飲蔘雞湯，愛其禦寒兼沒泡菜味。在日本殖民統治期間，朝鮮的富裕階層發明在清燉雞湯上添加人蔘粉，那該是最早期的蔘雞湯。現代的蔘雞湯於六十年代才出現，到七十年代後才逐漸家喻戶曉，成為韓國名湯。我首嚐蔘雞湯大概是七十年代初在韓國生活工作，太受不了一天到晚的泡菜，見蔘雞湯的出現自然喜出望外，也不管味道如何，試過早午晚都飲，已不記得有沒有流鼻血。

傳統蔘雞湯是用整隻童子雞，腹中釀入糯米、紅棗、薑蒜和人蔘，有些更用多至三十餘種藥材及五穀雜糧熬製而成，湯頭濃郁層次豐富，軟嫩雞肉入口即化。奇怪是韓國人喜歡在大熱天時去飲蔘雞湯，尤其在三伏天有飲蔘雞湯進補的習俗，他們認為在炎熱的天氣下吃，體內不好的東西會隨汗水排出，讓人蔘雞這樣滋補的東西墊底，才有益身體健康。近年疫情嚴重，我常存備多盒蔘雞湯，既方便又好味，勝過叫外賣。

至於重口味莫如冬陰功，是著名的泰國酸辣湯，最常見的烹調法是加蝦和草菇，再以魚露調味形成乳狀質感，我特喜用大頭蝦，貪其多汁多膏，這個湯辣多過酸，以前去泰國必飲，是其中泰國湯代表作。另一個不錯的酸辣湯在貴州，記得某年受客戶款待去貴州遵義的烏江，特要我嚐嚐當地著名的水煮魚。以烏江鮮活的野生大口鯰魚來做火鍋，烏江魚出名是真正的野生魚，肉質細膩嫩滑甘鮮，味道純正，加上遵義特產朝天辣椒，一定要用滷水豆腐一起燉，這樣才可提魚鮮。眼見一大鍋深紅血色的滾湯，未飲已冒汗，像辣得要命，雖然吃到大汗淋漓但卻甘之若飴。

西式湯我的首選毫不猶豫是法國馬賽魚湯（Bouillabaisse），我們譽之為「海龍王湯」。這是一種來自法國地中海沿岸的雜魚湯，法國幾乎所有城鎮都有，材料雖然大同小異，但做法每家不同，連名字也有異，材料多變化大，香料也很多，是經典但不易做得好的法國菜，創立馬賽城的希臘人說他們才是海龍王湯的鼻祖。靠海吃海這海鮮濃湯是反覆以同一鍋子燉煮，使湯汁集結了所有海鮮食材的精華，算是法國料理的國寶級美食。有人形容馬賽魚湯是裝進「盤子裡的大海」，是法國人的驕傲，馬賽魚湯登上許多國際名廚的餐桌。不管是傳統版或改良版，都有自家的馬賽魚湯做法，連該不該放龍蝦都有不同見解。馬賽人更出套《馬賽魚湯憲章》去規範製作烹調方式，認為那種做法才算是正宗。我首嚐海龍王湯是八十年代到巴黎公幹，法國女友要帶我去飲湯，我記得分量頗大，湯可喝另海鮮撈起可分放兩大碟，魚有多條放一碟，另龍蝦蜆貝類放另一碟，叫這湯已不須另點其他，這口湯一試難忘，就此愛上了。

另一款令我開胃的海鮮湯是三藩市的周打蜆湯，每到舊金山我例必去漁人碼頭逛，順道吃當地出名用自然發酵的酸種麵包 (Sourdough Bread)，周打魚濃湯放在酸包內，這湯與漁人碼頭差不多已成標誌。Boudin Bakery 於一八四九年在舊金山開業，已有一百七十三年歷史，只有他出的酸種包，盛裝濃稠的周打蜆濃湯，特別有風味，漁人碼頭滿佈餐廳食肆，間間都有賣湯，但始終以 Boudin 的麵包湯最受歡迎。

飲湯一般最好熱騰騰燙口最夠味，如飲老火湯、燉湯到蔘雞湯如是，但也有例外，有些湯宜凍飲，如西班牙的凍湯（Gazpacho），是西班牙在夏天常見的涼菜，呈液體狀也算是湯。此餐湯源於西班牙南部的 Andalucía，已流傳過千年，以前只有白色，勞工為了不想浪費隔夜麵包，便將麵包浸濕後，加水、大蒜、橄欖油、白醋和杏仁等混合做成。最初這冷湯只是低調的料理，直到六十年代，開始有人將之變成時尚料理的一部分，供作前菜、伴餐小食、Tapas 等才流行開來。到現在，有以番茄為主的紅色凍湯，也有以大蒜和杏仁為主的白色凍湯，叫

西班牙凍湯

三藩市周打蜆湯

馬賽魚湯 *(Photo/ Eddie So)*

南瓜湯

「Gazpacho de ajoblanco」。

湯也講求配搭，你到「皇后」、「太平館」食焗豬扒飯，自然想起港式羅宋湯。以前到港式西餐廳，除了例牌的紅白湯外，還有個「金必多湯」，現在已很難飲到。金必多濃湯 (Million Dollar Soup) 源自清朝末年，當年在上海的西餐廳，流行一道經典料理叫「金必多湯」（Comprador Soup），名堂很富貴，賣相像周打湯 (Chowder)，湯底是忌廉濃湯，加入魚翅碎、西式火腿、鮑魚絲、胡蘿蔔絲等食材，上桌前再在湯上灑上幾滴龍蝦油，彰顯豪氣。這湯並非源自西方，而是當時經營餐館的為迎合上海的有錢人、買辦以及上流社會人士而創作的一道中西合璧料理，算是最早期的中式西餐創意料理。

配日本菜的有味噌湯，味噌都有不同味道，赤味噌口味濃合配肉類料理，白味噌口味較醇厚，合配海鮮料理，淡色味噌濃淡適中，反而合適做拉麵的湯底。味噌湯一般都較簡單方便，有些講究的湯包都不錯，一包裡就有齊四種配料味道，有油豆腐、豆腐、昆布和蔥，四款各有特色，只需用熱水沖泡，就變成味道溫和、暖胃的味噌湯。別以為味噌湯簡單得像個方便湯，其實是國民的「心靈雞湯」，原為一首思念家鄉的歌曲，當時日本有很多為了求學或謀生而離鄉別井的年輕人，早於七十年代，演歌王千昌夫唱這首《味噌湯之歌》，唱出遊子心聲，多渴望回家喝碗味噌湯，這湯已成家的象徵。

這處的北方不重視湯水，我們南方人吃飯要有菜有湯才像樣子，但北方人大多數吃包子饅頭，配各種五穀雜糧稀飯，不重視湯認為沒啥意思，他們吃餃子也不放湯，有別我們的雲吞，那碗上湯才是精華，也從上湯中看出麵店的斤兩。他們看廣東人燉這樣煲那樣，隨時要花半天去熬出來，燉出來的湯有時還黑麻麻，他們看到已皺眉。不獨廣東靚湯如雲，江南料理也有個好湯叫「醃篤鮮」，源自徽菜後流傳到江南，成為江浙菜，這湯很清簡，有醃肉的鹹香、鮮肉的柔嫩、腐皮百頁結的豆香加上冬筍的清甜。以文火慢燉，湯色越乳白滋味越濃厚，不用加鹽或味精等任何調料，湯頭已濃郁鮮美，非常可口。

如能夠在家享住家湯故然窩心兼美味，但很多湯不是你想就做得好，根本是很難在家處理，例如杏汁白肺湯，這湯的主角是白肺，首先很難買到好的豬肺，要新鮮粉紅色，完整又夠彈性，這是起碼條件，即使街市有相熟肉檔，也未必能替你找到。選豬肺有大堆功夫，不能有瘀黑，不能有傷口，不能有殘留等等，所以要經過很徹底不斷重複地灌水去清理血水潺水，直到豬肺變白、沖出來的水不再渾濁為止，這是非常非常繁複花時間，少一點功夫都不成，之後又要用薑片汆水辟腥，又要炒至出水，要全部處理好才可用以燉湯。一般家庭誰有這耐性？即使在外用餐，已不容易找到，叫個白肺湯，看看白肺的模樣，大概已知這湯的斤両。所以最後我寧願飲「陸羽」的燉杏汁白肺湯，用自磨的杏漿，一飲便知龍與鳳。

好的餐館除了要有招牌菜式，也必要有好湯水，能成為招牌湯是不易，像「西苑」的爵士湯，原是鄧肇堅爵士經常到西苑，幫襯前先派人送來煲湯材料，如蜜瓜、響螺等材料，再叫大廚代為熬湯，原本的私家湯後也成為該店的招牌湯。我在「星記」請客，很喜歡煲一個赤小豆粉葛鯪魚煲豬踭豬橫脷加粉腸，這貌不驚人好像家常湯，但湯料十足，光鯪魚都有三大條，端上來一大碟，十人都吃不完，通常沒大檯客是做不到這湯。

在家如要方便最快是滾湯，只要材料新鮮也很好喝，有個很簡單的湯可提供給大家，是滾魚水，傳統是魚片，我喜歡用魚腩，還要揀很肥美有膏的鯇魚腩，加大量芫荽、茶瓜、糖心皮蛋、薑片，有時我還放磚新鮮有豆香的粗豆腐，一碗飲湯，一碗放飯變成泡飯，已飽得捧腹，很有滿足感。

要談湯的學問實在太多太深奧，可能寫多幾本書都講不完，廣東人大概是最愛飲湯的一個族群，不少家庭每晚開飯都幾乎例牌有三餸一湯，香港人常飲老火湯，五花八門的湯品，不但味美鮮甜，也講究食療養生，隨季節轉變，不同時間要飲不同的湯，光是「燉湯」、「煲湯」或「滾湯」已有很大區別，「煲三燉四」，四季都用湯水去滋補調理養生，製作的時間用的火候，材料的大細多少，先後配搭都可以很講究，這大學問在我們來說已是藝術，當中蘊藏着無窮的飲食大智慧，一湯之水盡是精華所在，均濃縮在一碗湯裡。我屬於無湯不歡一族，回想起家母從前那句口頭禪：「得閒記得返嚟飲湯」，我常作耳邊風，一天到晚在外事忙，聚少離多錯過不少老人家的心意，除了那雋永的老火湯，當然還有共聚的時光，留下的，是永遠的傷痛！

後記

我承認屬於無湯不歡一族，有段長時間，曾日日老火湯，在外必叫一煲，在家也煲到不亦樂乎，還落足重料，好似煲藥經常一煲濃成一大碗。問題終降臨，不管肉湯、魚湯、雞湯、火鍋湯等，湯中必含有大量嘌呤 (Purine)，嚴重影響健康，尤其很多時湯會放入內臟肥肉骨頭等，更是高危指標，結果要花很長時間去清除這些「垃圾」，享口福之餘也要注意身體的。

相關資訊：

Boudin Bakery

地址 / Pier 39 Concourse #5-Q, San Francisco, CA 94133

昆布白蜆味噌湯

芫茜魚湯

豬潤枸杞湯

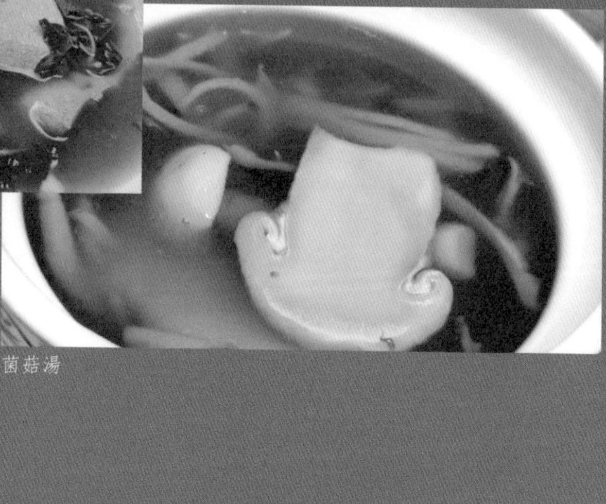
菌菇湯

意大利 *Toscana*

南北料理文化大衝擊

請人食飯最緊要對口味，否則既沒令客人吃得高興，自己亦可能一肚氣，一個人的美食可能變成了別人的砒霜。有次我請位自命好識食的上海來客去試試本地做的上海菜，帶他去間被認為是本地最佳江浙菜的名食府，我認為遠比上海最好吃的有過之而無不及，豈料事後他卻搖頭說不夠甜，我猛然醒起，道地的上海菜確又油又甜，是典型醬油菜，要好甜才是味道，我決定下次請他食芋泥加糖漿。

一位俄羅斯老友，自從二十多年前我帶他初嚐中國菜後，便瘋狂迷上那幾道菜和那幾間老店，每次來港已成為指定動作，次次要去那幾間餐館也點同樣菜式。有次我自作聰明，要他嚐新口味，試試潮州菜，我還特別預訂了炆花錦鱔和超大凍蟹，當年的大凍蟹可以大過隻碟，現在已不復見。豈料這番好意沒受讚賞，他反認為味不夠濃不對胃口，此後還將潮菜列為難吃菜式代名詞，常以此質疑我的審味能力，後來我決定以加辣豉椒蟹替代，可能水煮魚會更對他的胃口。他喜歡食海鮮兼逛海鮮檔，我最不喜歡去鯉魚門，經常「斬客」兼不潔，感覺亂七八糟，但每次他像小朋友先逛一輪去挑海鮮，特別喜歡椒鹽巨型瀨尿蝦，個人可連盡三、四隻，我則照吃我的清蒸方利，互不相干，各有口味多好。

我試過拍旅遊廣告，由南方廣東拍到去北方黑龍江，沿途經過很多地方，不但景物風土人情隨着變，連食物口味也隨之改變，由淡變濃，由鹹變甜，也由甘變辣，且越食越辣，這是頗有趣的味蕾變調。你可以從口味的轉變，也看到風土人情的轉變。也試過在加拿大穿州過省過境到美國，由溫哥華去到拉斯維加斯，這只是直線行，如果有機會能橫越，由三藩市去到紐約，那該十分有趣，不過負責駕駛的司機就肯定冇覺好瞓，很可惜我在年輕時，錯過很多類似機會去做個開心灑脫的浪遊人。

很少國家是沒有地域差異，東西南北都有不同的風土和飲食習慣。我喜愛的意大利菜，南北兩極的飲食文化就有極大差異，想起台灣這麼小，台南台北的口味已很不同，何況是長長的意大利。如簡單去劃分，北意料理偏向使用風乾熟成食材，像火腿、乳酪，料理大多以奶油和芝士調味；南意料理則以橄欖油、番茄、辣椒和大蒜為主流，配搭新鮮時蔬如番茄、現採蔬菜等食材，造成這差異其中主因是氣候的變化。以畜牧業來說，北部養牛南部養羊，這一點也反映在肉類食材上，北意有許多使用小牛肉與牛肉製成的料理，南意則以小羊肉和羊肉料理聞名。由於意大利地形南北狹長，食材差異性高，而食材的特色直接影響料理的味道。南方以務農和觀光為主，北部居民多不願遷往南部居住，所以在南方難吃到北意料理。隨着時代演變，大批來自南部如西西里、那不勒斯、薩丁尼亞島等地居民，紛紛在羅馬及北部城市如米蘭開餐廳，供應自己的家鄉菜，因此很多人原想在米蘭吃米蘭料理的，到點餐時才發覺原來竟是南部的菜餚。

每處地方每人口味雖有不同，但美味始終就是美味，這是改不了的。有時看看每個地方，每個國家，南北食物的文化差異和衝擊很多時會大得難以相信，名副其實南轅北轍，一方水土養一方人。南方吃蔥北方吃蒜，南方人吃泡菜，北方人吃鹹菜，南好甜北喜鹹。即使飲茶，北喜喝花茶，以為夠香濃，其實是花香多過茶香，我們茶的品種多，真懂嘆茶才能領悟箇中奧秘，要高深得多。我們食豆腐花放紅糖北方放大堆葱花榨菜蝦皮紫菜辣油等要鹹食。一般來說北方菜較粗獷，南方菜較細緻，想想也有道理，不同的地理環境當然會形成不同的飲食習慣，正如南方人吃飯北方人吃麵，南方的麵喜幼細，看雲吞麵就知，北方麵要不是粗，或扁闊像刀削麵，南喜雲吞北要餃子。北人要耍豪邁，喝白酒大碗大碗灌，吃餃子一口一隻可連盡幾十隻。記得在八十年代初還未開放，我與客在北方公幹，那時期食得很貧乏，既少選擇也很早收工，稍遲都收爐沒得吃，某天我們過了吃飯時間好辛苦才找到間小店肯做餃子，結果叫兩碗來了一大盆，是整個洗面盆，足可放幾百隻餃子，他們說都是這樣，我們幾經努力才吃到十分一。

從喝酒的文化，也可看到個差異，講酒量，肯定北佬殺贏幾條街，我到山東、東北等地，見識過何謂酒量，我們連邊也沾不上，要急舉白旗。北方人酒要大碗喝，菜要大口吃，嗓門要大，你可說是粗豪，南方人相對是較精細。北方人愛飲白酒，南方江浙一帶飲黃酒，我們此處飲紅酒，潮流更興飲清酒。早年去日本尚未流行飲紅酒，有時被灌得太多大吟釀，我即改飲紅酒，輪到日本人投降，此招我都有在北方應用，他們不慣飲紅酒，喝不到幾杯就招架不住。但現在經過這麼多土豪洗禮，Lafite 都可當水喝，我們只能認命改飲維他奶。

南方人將飲湯當是回事，尤其很多燉湯老火湯，煲得很講究，可當道菜上台，在上主菜前就飲，北方沒當是回事，反而在飯後喝，可有可無，我見很多北方人不喝廣東老火湯，不明為何要煲這麼久，見一大堆深褐色的湯水奇怪到底在煲甚麼？南方天時地利是魚米之鄉，一年四季蔬菜豐富，大多小而精，北方則多而粗，入冬就到處食大白菜，非常之單調。所以南方吃得精細，追求華美，北方吃得較簡樸粗疏，與地域物產有莫大關係，一方重質一方重量。有個笑話，說南方人都不會隨隨便便去吃一餐，如果沒要求隨便求其吃一餐，那表示沒生趣也不想活，反過來北方人平日吃得很隨便，也可算只求肥肚，如要他們認真的去吃一頓，那可能不想活了！

菲律賓南部

舌尖縱橫新幹線

Co-ordination / Eddie So, Chowchow　　Photography / Aron fotografie system / Ariom Leung

Art direction & Personal belongings / William Szeto

鰻魚專門店 *Amihiko*

一日食五餐的滋味

新春期間，有國外親人返港團聚，想趁機聯群往關西玩一趟，徇眾要求便領着班大食者英，齊齊暴食了幾天。此行沒遊山玩水，也沒有瘋狂購物，單純得一個目的，就是吃！吃！吃！一天起碼吃了五餐，還不計邊行邊吃的街頭小食。不是開玩笑，有幾晚還可以連續進食晚餐兩度，是有點放肆不羈，但亦吃得很痛快，這個暴食旅程是故意和任性的，製造個機會給大家偶然放縱，雖然不是我習慣的生活方式，難得是大家高興，但我從沒帶隊這種經驗，難免有點疲於奔命，更吃到不勝負荷。最令小弟大出意外的，是眾老人家的胃口竟然比我大，吃得比我多，興致勃勃令我自愧不如，可見大食者英並非浪得虛名。

早年，大概是八、九十年代，曾有很多年，我都慣性地往日本避年，一則日本的旅程不太長，而我有頗多朋友遍佈關東關西，乘機往會友敘舊，更重要是能實地觀察，有看不完的新事物和潮流訊息，豐富我的知識。那年代，東京是時尚潮流的中心，歐美甚麼新趨向，東京也第一時間擁有，我們輕易在那處接軌，相信那年代很多圈中人也是抱着同一心態往「朝聖」，有些潮區如表參道、青山一帶，已留下不少腳毛，常碰上朋友，平時在港難有時間一見，倒在異地相逢。有次，我往輕井澤滑雪，正確點說，我是滑雪的失敗者，學極都不成樣子，只不過我朋友在輕井澤安排了間別墅我往避世，某天在冰天雪地的深山隱蔽處，竟會碰上位陳年老朋友，大家都不禁驚嘆，人生何處不相逢！

我的外遊習慣是個孤獨精，大多數時候，喜歡獨來獨往，偶爾二人行，但極少是大班人外遊，更從沒參加過甚麼旅行團，我懷疑自己有群體恐懼症，可能經常被旅行團的集體行為嚇怕，如在公眾場所大聲喧嘩旁若無人，進餐爭先恐後等惡行，所以旅行團我聽而生畏，但諷刺的是早在八十年代，我已替不少旅行社拍過不少旅遊廣告，最難忘一次，是領着廿多人的團隊，其中包括製片、攝影師、美指、髮型師、化妝師、模特兒及一眾工作人員，簡直浩浩蕩蕩，在內地，從南到北，海陸空拍了幾個月，也捱足了幾個月，每天只能睡三、四小時，還要寫劇本，看外景，選演員，管這管那，那工作量與拍部長片是沒分別的，簡直要命。所以之後誰叫我遊山玩水，尤其說要去看日出我聽到都想嘔吐，已經看過太多的風景名勝，見太多的日出日落了，Give me a break！

這次往關西，對我來說是有點恍如隔世，我在七十年代首度往日本便是去大阪，當年一眾朋友都住在大阪，京都，神戶一帶，所以常到關西，其後才轉去東京。我對日本料理的喜愛也始於關西，大阪人與東京人像對冤家，關西是日本的經濟及文化發源地，很多大商家文化人都來自大阪，所以他們都認為比東京人更懂得吃的文化，他們眼中的東京不過是個國際大城市，地大人多不代表夠內涵，事實上兩地的飲食文化和習慣確是有分別，不過時至今天這分歧已收窄很多，近廿年我已較少去關西，只有京都仍是我最心愛的地方。這次到關西時間短，原想集中到京都，但為了方便覓食行程，只好改變主意較多在大阪，京都只能速去速回，改天自己再去京都逗留多點時間去享受各種美食，那地方是需要另一種心態去細味的。

去關西這麼短的時間究竟應吃些甚麼？到甚麼地方吃？我早打算每餐吃不同的東西，多嚐不同的料理，但不想吃星級餐廳，那除了消費高也需要時間，我不想山長水遠只為了一餐，如去京都「吉兆」，雖然很好但不適合這次的行程。我想大家去嘗試一些好味道又夠代表性的珍味，如美味的鰻魚飯。日本的鰻魚因貨源不足而貴了，卻仍是那麼吸引人，日本人對鰻魚有特別的聯想，不單其經濟價值和營養，還有傳聞中神秘的「偉哥效應」。好的烤鰻魚是柔軟中帶點韌性、彈性和黏性，有充滿骨膠原的感覺，散發着炭火香味。上佳的老牌鰻魚店都說有自己的秘方醬汁，混在飯與鰻魚間，帶出人間的美味，就是因各家名店都有各自調校的獨門秘汁，所以做出來的烤鰻魚才有與別不同的食味。

PABLO

PABLO PABLO PABLO
PABLO

我在大阪原想試兩間較著名的鰻魚店，都是有上三百年傳承的老字號，其一是「Amihiko」（阿み彥鰻割烹），另一間是「本家柴藤」，因時間不夠，我只去了北浜店的「Amihiko」（阿み彥鰻割烹），這店不大但寧靜幽雅，侍應都穿上和服，甫進門已見那位老匠人在專注烤鰻魚，他已站在那位置燒烤了大半生，我好奇躲在一旁觀看他燒烤，像這樣獨特職人往往就是食味信心的保證。我全點了頂級的鰻魚料理，看着他在備長炭上散發着焦香將鰻魚烤成金黃油亮，端上已撲面而來飯香混着醬汁的鰻魚炭香味，那一口厚厚的鰻魚，確鮮美多汁，綿密濃郁，禁不住要另加燒兩條純鰻飽嚐口福，這三百五十年傳承老招牌果然有道理，後來在京都的錦市場也吃了條柴皮的烤鰻，便知味道有若天淵，老店始終是老店，三百五十年不是開玩笑的！

去大阪如果時間不充裕但又想行街了解「民情」，最方便就是行那條長長的心齋橋商店街，勝於夠熱鬧又四通八達。位於河邊那間蟹店「かに道楽」恐怕已成為心齋橋的地標，幾十年前已這模樣，那隻大螃蟹仍在張牙舞爪，不知累不累。我抵酒店那刻已叫人代訂位打算吃蟹料理，那處不是最好，但勝在方便水準尚可以，可惜仍是火爆最快要六天後才有位，這間店光在這區已開了五間店，間間日夜爆滿很難訂位，後來那經理告訴我，早上十一點前去排隊，在開店前便有機會進入，果然靠這招還順利訂一間包房。「かに道楽」的價錢並不大眾化，一點不便宜，如非必要，吃午飯比晚餐划算很多，而且還是同樣的料理，同樣的招呼，但消費便宜一截。

我們吃的是全「蟹宴」，也即是包羅萬有，從刺身、燒烤、煮蟹肉冷盤、天婦羅、壽喜燒火鍋、蟹肉壽司，至燒蟹膏、蟹肉煲仔飯、蟹粥等等一大堆，均被我們一掃而空！「かに道楽」有多種蟹供應，包括長腳蟹、毛蟹、帝王蟹等，長腳蟹還有多種類別，店的入口外放了個大魚池養蟹，其中有些叫楚蟹，蓋上長有寄生物，那些寄生物越多就越貴，所以楚蟹就不要亂點，價錢可能會令你吃不消。在二〇一九年一種特別的楚蟹叫「五輝星」，在鳥取縣拍賣，拍出五百萬日元的天價，打破鳥取縣螃蟹拍賣價的健力士世界紀錄。據日本媒體報導，買進這隻螃蟹的是位於東京中央區名為「銀座情緣」的一家日本料理店，我很有興趣知道甚麼人去吃這隻蟹。

這行程原本有天想去神戶逛，順道去吃神戶牛，但吃靚牛柳何須去神戶，很多人說神戶牛其實並非正宗，想吃受認證的神戶牛是很困難，極少餐廳能提供神戶牛的購買證書。牛肉一般分等級，步留等級（出肉率）A、B、C，肉質等級一到五，表示霜降程度的是「BMS」（指脂肪混雜率），吃到A5當然很好，一般和牛吃A4已很不錯。有人推薦我找某間名店食鐵板燒，可吃正宗的和牛，後來發覺這店是附屬於大酒店，格局似供商務應酬，較適合那些豪客，價格很高，要每位三萬八千日元，這收費可能九成去了裝潢和服務費，物值很低，我們一行七人隨時會花掉三十萬日元，可能還帶着一肚氣離開。我不願花這些冤大頭，終於，找到另一間專吃黑毛和牛，還證明用A4和牛，我點了不同的牛排嘗試，真的一分錢一分貨，A4牛入口融化，比其它幾種牛排好得多，結賬還不用三萬八，簡直物超所值。

除了牛排我還想試試烤牛舌，有一間叫「利久」的店我想帶眾人去試，可惜排隊的人實在太多而放棄，有晚吃完飯返酒店我深深不忿，再出去看看，只見三數人在排隊，等不到十分鐘便可內進，「利久」牛舌發源自仙台，在當地有很多分店，這店的主打就是炭燒牛舌，是厚切，牛舌雙面切上交錯的刀紋，外脆內嫩，肥美肉汁彈嫩度令人很有滿足感，我還叫了燉牛舌，也極軟嫩，入口即化的很美味，難怪從早到晚都見人龍，我離開時已十時，店內仍是擠滿食客。

此行，最令我失望的反而是寄望最大的一間天婦羅店，從前我去過，印象不錯，現已貴為米芝蓮二星店，理應更進一步。吃天婦羅最理想是坐吧檯，邊看料理師炸天婦羅邊進食，那是很好的享受，可惜我去不到本店訂不到吧位，改去了分店，結果是令我失望的。「與太呂」天婦羅其實是間老店，創於一九二一年，現已是第二代經營，他的出名並不是天婦羅，而是明石產一本釣天然鯛魚飯，很多食客專為這煲飯而來，這鯛魚飯是需要預訂的，我也預訂了兩煲，抱着很大的期望。我在關東關西吃過很多出色的天婦羅，比「與太呂」好的實在太多，這兩粒星似乎手鬆了點。那煲魚飯淡而無味，不覺鮮甜，我是需要再調味便可想而知了。其他我吃了幾餐壽司，刺身等都不是最佳狀態，其中來自築地的「壽司清」算較有水準，但比起築地本店仍是有段距離的，反映好食肆還是要回去原來本店吃較有保障，分店開太多只證明離開本質更遠。

有一天我特去逛京都的錦市場，這是我每次到京都不想錯過的地方，是個頗別致的小市集，不同東京的築地或大阪的黑門市場，錦市場滿是京都傳統的小食及當地的土產，那處遊人多但整體溫文爾雅不喧嘩吵鬧，很多店在現場即做食品，故可從容地瀏覽觀賞也口不停，視為一種生活享受。錦市場除賣食材，還有很多各式各樣的店，賣雜貨食具等，有間百年老店專賣刀，那天我便見有兩位外國名廚專誠來買刀。這處常見到有穿和服的老外來漫遊，京都有相當多的外國人喜歡居住，喜那處的氣氛、環境和那種從容不迫的生活態度，在京都，你自然會愛上逛街，遍處是廟宇、舊建築，還有穿着和服的美少女，在京都，你會深深感受到，生活是這麼的一回事。幾十年前，我曾在京都住過一段時間，幾十年後，我覺得改變不大，很多地方仍是舊模樣，或者根本不須要改變，我還是那麼的深愛她！

後記

關西之旅只能安排一天去京都，我選擇了去錦市場，對我來說這更有意思。相對於東京築地或大阪的黑門市場，錦市場較袖珍和傳統，這正是吸引我的原因。錦市場已有四百年歷史，被稱為「京都廚房」，愛吃的愛煮的都喜歡錦市場，來這裡不光是主婦和遊客，還有從各地慕名而來的美食家、廚師甚至三星大廚，他們都相繼到此尋幽探秘，在這裡他們變成小孩般四處翻看尋寶，由新鮮時令京野菜到京漬物、佃煮、干物、各種調料等等，甚至很多廚物食材刀具，像我例必會去逛，那間有四百多年歷史的庖丁店「有次」，由做武士刀到做菜刀已第十八代，每次我都見到有外國廚師特來買廚刀還要刻名留記號朝聖。

錦市場只有百多間小店，除賣很多傳統食材外，還有各種誘人美味小食令人嘴不停，當然你也可買各樣地道手信，我每次都買很多綠茶抹茶漬物干物等自奉送禮，比一般的糖果餅食有意思得多。我很喜歡附近一間創於一八〇一年的舊旅館「近又」，是傳統的町家建築風格，只得三間房也有料理亭做懷石料理，老闆娘鵜飼真澄說每天都會行錦市場，去買新鮮高質素的食材，不經不覺已三十多年，與很多店主都成為了好朋友。也許，錦市場的魅力就是在於很庶民，卻有實感、有質感，平淡卻不平凡，很日常但充實，就像我們的生活，也需要這樣！

相關資訊：

本家柴藤
地址 / 大阪市中央區高麗橋 2-5-2
電話 / +81 6-6231-4810

北浜阿み彥 鰻割烹
地址 / 大阪市中央區北浜 2 -1-5,
電話 / +81 6-6231-0278

かに道楽
地址 / 大阪市中央區道頓堀 1-6-18
電話 / +81 6-6211-8975

牛たん炭燒利久
牛舌 エキマルシェ大阪店
地址 / 大阪府大阪市北區梅田 3-1-1

茶和々
SAWAWA

道頓堀名物
Charcoal Grilled
かに炭火焼
계 숯불구이
だし汁入り
1個500円

關東關西飲食文化大對決

不久前從關西暴食歸來，不少朋友看到圖片都不禁口水流滿一地，有不解的問我，為甚麼不去東京反而去關西，東京不是有更多的美食嗎。這番話如果讓關西人聽到就必定會跳起來贈你大堆道理。關西人懂得吃，識飲識食時，江戶那邊還只不過是鄉巴佬，他們懂條鐵！這麼多年來，關東關西為了誰的更好吃，誰才算正宗，已爭得日月無光，坊間的專書、電視專輯已出過無數的「關東關西大對決」，爭論不停但也不會有結論，有時似橙同蘋果哪個更好食，要認真的你就傻。我寧願隔岸觀火，樂見他們兩地摩拳擦掌，吵個面紅耳熱，對我來說始終那句，食物只有好味不好味，好吃不好吃，不管是甚麼料理，在甚麼地方，我都如是觀。作為一個對美食有興趣的饕客，我倒有興趣去了解他們為何長久以來為此爭辯不休。

一九六一年，日本出了首由坂本九所唱的名曲，叫《昂首向前走》（上を向いて歩こう），當年這首歌風靡日本成為家傳戶曉的流行曲。次年，這首歌作全球發行，為了讓外國人更易明白，將歌名改為《Sukiyaki》（壽喜燒），這是一種日式料理，即牛肉火鍋，結果唱片一推出便風行全球，更成為各地的榜首名曲，熱賣了千多萬張。一夜間，「壽喜燒」（Sukiyaki）在世界各地爆紅，既成熱門名字，也變為最有知名度的日式料理，可笑的是，這首歌的內容與「壽喜燒」沒半點關係，根本風馬牛不相及。其實「壽喜燒」的歷史不長，約在昭和三十年代（大概一九五五年）才演化成今日的面貌，算起來也不過五、六十年，歷史不長，當時日本剛經濟起步，而牛肉一直被視為高貴食材，一般平民打工仔都喜在發薪日就來頓「壽喜燒」以犒賞自己。

從前日本人不吃牛肉，後英國人從橫濱進口開了「牛鍋」店才慢慢流行起來。關東與關西人吃「壽喜燒」的習慣不同，關東是調好醬汁，一窩將牛肉與蔬菜一起煮，而關西則將肉先燒混以砂糖，燒至五分熟才沾生雞蛋液享用，吃完第一道牛肉，再將配菜及其他牛肉鋪上去混和醬汁及蔬菜一起吃。由於食法不同，關東放蔬菜的種類較多，醬汁被稀釋，關西的是以吃牛為主，其肉質油花分佈，牛肉等級成重要指標，比較講究，關東很多時會吃豚肉代替，蔬菜種類也較多。日本民間有個笑話，說如果夫妻是關東人和關西人，都難免會為火鍋的吃法而常起爭拗，弄至家無寧日，可見兩地的口味顯然不同，其飲食文化也有很大差別。關東喜歡用濃口醬油調味，較重口味，而關西則用淡口醬油，喜清淡口味，所以有說這是「醬油文化」與「高湯文化」之分別。

如果看看他們的歷史背景，不難明白因由，早在戰國時代，日本的經濟政治重心於關西，幾代古都都在關西，所以京都多貴族、文人雅士，而大阪多商人巨賈，這些人生活講究自然，較細緻要求亦較高，京都一帶的地下水水質很好，食材的質素亦較高，關西水是軟水，適合熬昆布高湯，正配合淡口的醬油，形成他們尚鮮及清淡的飲食習慣。

至於關東，從前是赤貧鄉下地帶，大部分是農民勞動階級及武士集散地，這些都是體力勞動者，因常幹粗活，大量消耗體力，故此需要鹽分及重口味去滿足生理所需，同時關東水質較硬，易煮出鰹魚高湯，越煮越濃，要濃口醬油才適當。關東常用來自北方的鰹魚作湯底，調味較濃，故料理會較多鹽分或濃醬油，口味濃厚偏鹹，而關西常用白肉鯛魚，調味清淡，北海道的昆布均運往關西，故自然以之熬高湯，關西料理注重菜餚的美觀色調，食物也食軟不食硬，相比之下，關東料理較多粗食，關西較幼細。

看他們做關東煮便知，兩者食物大同小異，關東多竹輪麩而關西有牛筋，但重點仍是在湯頭，關東以鰹節，濃口醬油煮，關西則以昆布薄口醬油熬成，前者濃而深色，後者淡色。通常家庭式的料理或一些專門店才會講究，大部分的連鎖店尤其便利店賣關東煮就最好不要試

關西章魚燒

關西飯糰

那鍋味精水，尤其長時間泡在那鍋味精水仍不沉的東西，都是滿滿添加劑，不吃也罷。

明白日本的「高湯文化」來龍去脈，自然全盤了解他們的飲食口味，簡單如食麵，最普遍的烏冬和蕎麥麵，兩地都不同口味，因為拌麵及煮湯的醬汁不同，也是鰹節和昆布的分別，關東較喜歡蕎麥麵，而關西較多烏冬，一般烏冬麵上配料關東放油炸碎渣而關西放油炸豆腐。豆腐在日本是重要料理食材，京都更以豆腐料理聞名皆因其地下水水質特佳，以腐皮做壽司叫稻荷壽司（Inari Sushi），稻荷神是日本神話中的穀物和食物神，象徵豐收，這帶點甜味的炸豆腐皮包裹着配料或飯糰，關東的稻荷壽司是長方形全包着餡，而關西是三角形半露出飯糰。另一種在壽司店常見的玉子壽司，就是在飯糰上放塊帶甜味的蛋以紫菜圍住，這與一般家庭做的玉子卷是不同的東西，玉子卷是純蛋卷沒有飯糰，如果你有看《深夜食堂》該對厚蛋燒留下印象，這是關東風味，而關西出名是做出汁蛋卷，兩者口感、形態、做法都有區別。厚蛋燒表面略焦黃，蛋卷較結實，吃起來像個固體，在東京築地便到處見賣串串的厚蛋燒，玉子壽司頂上那蛋塊也是以此作料。出汁蛋卷是很鬆軟，有明顯的層次感，入口嫩滑多汁，口味鮮美，也有放很多不同配料合成，如明太子出汁、牛蒡出汁、鰻魚出汁等等，關東的厚燒味較濃郁因用濃口醬油，而出汁蛋卷較清淡但入味因用高湯做。下次你有機會到京都行錦市場，記得到「三木雞卵」買條新鮮出爐的出汁蛋卷試試便知其美味。

至於天婦羅，兩地的用料差別不太大，關西的漁獲不及關東豐富，故用較多蔬菜而關東則多用海鮮。較大分別是用油不同，關東喜濃郁用芝麻油，關西尚清淡用紅花油、棉籽油之類。炸漿方面，關東蛋水與低筋粉的比例是1:1較濃厚，炸出來粉較厚和較深色，配以鰹節天婦羅汁及蘿蔔茸，混合豉油味比較濃，而關西則喜以岩鹽提鮮，食味是有不同的，不過今天很多食店各式調味都同時用上已沒分東西了。

如談握壽司，兩地便有較大差別，我們常見的握壽司屬於關東，也就是港人經常食那種江戶前壽司，其實這種握壽司最早源自關西地區，後來才傳入關東發揚光大，這種握壽司不過將食材放在壽司飯上，製作較簡單，要求亦較低。關西派較重視製作技術，一般會把食材用佐料醃漬，放置一段時間才加工。當然這是指出名的箱壽司也叫押壽司，大阪地區以箱壽司出名，先把配料鋪在押箱底層才放米飯，然後用力把箱壓下，壽司成方形和較硬。從前奈良時代，出外經商遠行者常做這種箱壽司作乾糧，流傳至今，成為關西風的特色。

當然這種飲食習慣和口味見諸每種食物，兩地區的性情也很不同，關東人一般較拘謹和死板，不苟言笑，相比關西人喜談笑較有幽默感，他們較重生活情趣，民以食為天，他們的觀念是傾家蕩產也要吃好，經常笑關東人太着重外表，武士吃不上飯也要用貴牙籤，想起這對歡喜冤家有時都頗具娛樂性，而相關的話題已變成日常生活，成為情趣的一部分了。

後記

在台灣吃個糉子戰南北，日本的美食則戰東西。日本關東與關西的食料無論造型、口味和吃法都可能有天壤之別，由煎蛋的做法吃法、年糕的煮法到壽喜燒，甚至連泡碗麵都要出東西兩種版本，更別說做壽司，在關西是指「箱壽司」，關東則指「握壽司」，一個重食材，一個重手藝。

地域環境不同，生活習慣不同，自然飲食的文化也不同，這是很正常，世界各處都存在這種差異，不值得大驚小怪，但不管多少差異，美味也有標準的。簡單如吃飯，也有人喜爛飯亦有人喜硬米，像意大利飯（Risotto），他們認為最好是略帶生米，這才算是標準的美味，煮意大利麵條亦如是，像港式的爛軟意粉，他們認為是糟透難以入口。像我們的炒飯，如果能炒成乾身粒粒像包着蛋液的米，硬中帶軟散放飯香，這功夫是殊不簡單。所以在其他地方，如果吃着一團像爛飯的所謂炒飯，也只能望飯輕嘆！

大阪心齋橋

關西箱壽司 *(Photo/ Bonnie Lee)*

(Photo/ Sam Jor)

兒島牛仔街

丹寧牛仔的聖地岡山

我除了是個廣告導演，同時間也做與丹寧服裝相關的工作，而且一做幾十年從未間斷，每到新季度就忙着應付新系列的事，一天到晚鑽入丹寧世界，有時在百忙中，我會想起岡山兒島（Kojima），已很久沒造訪這個丹寧聖地。我首次到岡山已是八、九十年代，就是為了想尋找更深入的丹寧知識，當年的岡山很少人識，甚至未聽過。幾十年前「哈日族」只識去東京遊玩購物，懂去關西、北海道或九州旅遊的也不過是近廿年的事。有人問兒島是否即鹿兒島，那差之何止千萬里，正確點說兒島是在岡山縣的倉敷市，而鹿兒島是位於日本九州島南端。

岡山兒島在江戶時代是栽種棉花的產地，有趣的是，在未種棉花前竟然是個很大的產鹽區，到處是鹽田，現在還有個鹽業歷史博物館去保留這段歷史。令我想起香港昔日也有過多個大鹽場，據記載曾經是重要的產鹽地。遠在北宋初年，北宋政府已在現時的九龍灣沿岸一帶，設立「官富場」的官方鹽場，範圍覆蓋今日的觀塘區、九龍城區至油尖旺區，並派造鹽官駐兵，當時該處屬廣州府東莞縣，該鹽場曾成為縣內四大鹽場之一，想不到昔日香港除了是個小漁港，還有多個大大小小的鹽場，直至清朝才廢置。

造訪兒島別錯過去參觀舊野崎家住宅，可一睹日本江戶時代最有錢的人是如何生活。這座令人印象深刻之大宅主人野崎武左衛門，是透過開發面向瀨戶內海的鹽田而致富，被稱「鹽田王」。整座房產的佔地有若東京巨蛋，除住宅建築外，還包括幾間精心保存的白壁土藏群，壯麗的傳統日式庭園，設有茶屋。這宏偉「豪宅」是全國僅存的少數此類建築之一，於一九七七年被宣告為「重要的岡山縣史跡」。大宅呈現該時代富裕家庭的生活情境，除起居住宅外，一間倉庫專門用來陳列古董，另一間改造成專門介紹鹽田歷史的小型博物館，陳列從江戶時代至今之製鹽程序中使用的模型和設備，同時，亦展出一些有趣的鹽岩樣品。

之後兒島因鹽業式微才轉型，因當地土壤富含鹽分，很適合種植棉花，所以因利乘便改種棉花生產棉布，明治時代有「纖維之町」之美名，曾經是全國學生服之製造重鎮，因製作學生服、制服甚至和服而繁榮。到一九六〇年，隨着美式文化入侵，成為日本最早的牛仔褲生產地，一九六五年時 Big John 品牌在此生產日本製第一條牛仔褲，從此兒島就成為了日本牛仔褲的發祥地，以生產牛仔褲而聞名於世。

岡山是西日本的交通樞紐，距離東京頗遠，乘坐 JR 東海道，山陽新幹線從東京車站到岡山車站約三小時十五分鐘，從新大阪車站去約四十分鐘，若從京都前往約一小時，廣島前往約四十分鐘，所以從大阪京都和廣島去是會較方便。別以為岡山是個偏僻鄉下地方，其實都有頗多景點，市中心有日本三名園之一的後樂園以及岡山城等景點。想不到岡山市自古還是一座學術城市，一直有眾多大學等高等學府。岡山是日本著名故事《桃太郎》的起源地。其他的觀光景點如倉敷美觀地區、大原美術館等，都集中在岡山市和倉敷市。另外，湯原溫泉、湯鄉溫泉等旅遊景點，都是體驗岡山的溫泉和大自然美景的好去處。

岡山縣是日本降雨量最低的地方，長年日照時間長，故有「晴天之國」之稱，提供水果理想的生長環境，因此岡山產的的水果，不論甜度、香氣、滋味都超高品質，可說是「極品三高水果」，又稱「水果王國」。到此大可水果當正餐，不要錯過精心培育叫「晴王」的綠色麝香葡萄，皮薄無籽濃厚多汁，帶着獨特花香，甜度達十八度，一吃唇齒留香停不下來。而我更喜歡吃岡山「清水白桃」，據說味道全日本最好，果肉纖細幼滑，清甜多汁香氣四溢，如在農場現摘即食，可連盡十個八個面不改容。

岡山除了水果出名，種米稻也很出色，擁有最先進的機械化農業，有很多梯田，種出優良的雄町米稻，「雄町」是一種很容易溶解的酒米，可釀製出濃郁醇厚兼多層次的清酒，雄町米(Omachi)被稱「酒米之祖」，是因為有四十多種的酒米源自於它，「山田錦」與「五百萬石」亦是來自雄町的DNA，被譽為「夢幻之米」。在昭和初期日本清酒鑑評會中，能夠得賞的往往只有「雄町」吟釀酒。

我每次到岡山主要是探訪丹靈聖地兒島，很多時走馬看花，其實岡山到處有好風光值得仔細欣賞。好像位於岡山縣最北端的蒜山高原，是中國地區屈指可數的高原度假勝地，此中國地區是日本州島最西部地區的合稱。擁有廣闊的牧場，乳畜業十分興盛，飼養的娟姍牛（Jersey）數目冠絕日本。娟姍牛是源自英海峽娟姍島的進口奶牛，是英國政府頒佈法令保護的珍貴牛種，是一種小奶牛，最大的特點是乳質濃厚，乳脂、乳蛋白含量均明顯高於普通奶牛，優質乳蛋白含量達百分之三點五以上，其相關的乳製品更全國知名。每年四月下旬至十一月中旬都可在此飽覽娟姍牛的放牧風光，園內有餐廳可享用美味的牛扒及BBQ烤肉。娟姍牛的牛乳香醇濃厚，在此食任何奶產品由布甸到雪糕，甚至香濃的芝士火鍋，保證好味到入心，記得去睇牛同時不要忘記飲奶。岡山覓食同樣不會失望，面向瀨戶內海，起碼海產得天獨厚，很多餐廳都以海鮮作招徠。好餐館也不少，去年米芝蓮首次餐廳指南公布名單中，日本岡山縣就有兩間入選二星餐廳、十八間入選一星餐廳，連推介等共一百九十三家推薦餐廳以及十一間日式旅館或酒店。還有間開了七十年的拉麵老舖「中華そば淺月」，都值得一試。

除了這些天然資源，岡山還有個出眾的身份，當然就是全球牛仔褲丹寧的聖地，所有做丹寧工作的，都有興趣來這處朝聖，牛仔信徒在這裡可找到信仰的歸宿。兒島有一條聞名業界的牛仔褲街，面積不大很易找，集合了十多間牛仔褲專門店，還有咖啡店與雜物店等特色小店，街上掛滿很多牛仔褲隨風飄揚，到處可見丹寧蹤影，是來到兒島才看得到的趣致景象，吸引世界各地丹寧愛好者前來尋寶。一般提起日本丹寧都自然提岡山，很多丹寧工房、染坊、牛仔布廠都散佈在岡山一帶，這地方臥虎藏龍，尤其一些專業的丹寧匠人都以在岡山扎根起家為榮，他們對丹寧的製作及技術掌握特別講究，很多大品牌旗下特別產品，均邀聘這方面的高手去助其一臂，大品牌如LV、Gucci都有派人到岡山取經。

兒島值得一遊，因這小城的風情一點都沒愧對它的稱號，整座城市像丹寧的代言，甚麼都以牛仔為出發點，甫出站已感覺牛仔風迎面而來，丹寧裝飾的事物觸目皆是，一下車已進入牛仔藍世界，車站的販賣機、電梯都穿上牛仔裝。在兒島車站，已見樓梯級繪上丹寧布，舉頭的簷篷掛滿了牛仔褲，各處都融入不少牛仔褲設計元素。車站前的步道掛滿了牛仔褲，甚至有專線牛仔巴巡迴載客觀光，巴士內的座位都包上牛仔布，牛仔褲裝飾的計程車也在候客，還是位穿牛仔裝女司機。兒島到處都開滿特色小店，全與牛仔拉上關係，最喜歡流連小店及小工房，像入寶山搜索奇形怪狀小玩物，樂趣是你猜不到將會找到甚麼？You never know，但如給發掘出奇趣，是有份難以言喻的喜悅感！

到兒島不管你喜不喜愛牛仔，都要去牛仔褲博物館 Betty Smith Jeans Museum & Village，全部分為好幾棟建築物，包括有工場、兩個博物館、手作工坊、Betty Smith 商店以及 Outlet 等等。

(Photo/ Sam Jor)

除看到日本牛仔褲的製作歷史，還可在現場體驗實作。在資料館可覽閱很多關於牛仔褲的資料，旁邊另一間牛仔褲博物館以牛仔褲工廠改建，展示關於日本製牛仔褲的加工及藍染體驗。博物館附設有個很有趣味性的體驗處，可先選購牛仔褲，挑自己喜愛款式，然後按自己意思選擇配件及各種小零件，用附設的機器，打上各種紐扣、皮牌等配件，實行DIY自創出自己心愛的牛仔褲，也是獨一無二的私藏品。

岡山除充滿各式各樣的丹寧產品外，更研發出各種與牛仔褲相關的商品，其中當然不會放過食品飲料類，由肉包子、漢堡、饅頭到羊羹，飲品到雪糕，全部清一色要夠藍，很直接的就是要突出丹寧的主調。不知是哪個「天才」出的主意，推出這些藍色食物。基於好奇，都試食過一些藍，但日式肉包外皮鬆軟，內餡剁得很碎，咬不到肉的感覺，沒甚麼味道，只不過是個普通肉包，漢堡包的肉用豬、雞、牛混合絞肉製成，同樣打得很碎沒甚麼口感，內放大量高麗菜絲，也是平平無奇。聽說還有藍炒麵和藍色啤酒，試完兩個包都沒興趣試了。

據一些研究發現，當食物被染成藍色時，即使食物味道有多好都會打折扣，胃口也會瞬間失去。我以前拍過很多食物廣告，客戶都不喜歡見藍色食物，即使藍莓蛋糕都要將顏色淡化，在自然界中也沒見多少是天然藍色食物。所以即使丹寧主調藍色，標榜藍色食物未必會討好，感覺上是噱頭多過味道，相信很多寧願打卡也不見得去享受食味。

較特色的是有間咖啡店「RIVETS」，獨家研發出「牛仔褲」雪糕，外觀藍色，嚐起來有點香草味，其實是鹽味，撒上一點綠綠的海苔粉點綴，吃起來有點鹹香，這是我首嚐鹹雪糕，有新鮮感，在炎炎夏日中，補充一點鹽分也不錯，像飲了寶礦力。據老闆娘說，手工染牛仔褲的藍葉，又稱「蓼藍」，是天然的染劑。由於藍葉是可供食用的材料，於是加入雪糕，變成淡淡藍色，再灑上當地曾盛產的鹽巴，象徵從鹽業演變成牛仔褲街的歷史，這麼深奧實在非我所能想像，始終藍色的食物，並非理想能刺激食慾的顏色，我只會聯想起「阿凡達」！

相關資訊：

Betty Smith 牛仔褲博物館
地址／岡山縣倉敷市兒島下の町 5 丁目 2 番 70 號
電話／+81 86-473-4460

舊野崎家宅邸
野崎家鹽業歷史博物館
地址／岡山縣倉敷市 1-11-19 Kojimaajino
電話／+81 86-472-2001

RIVETS
地址／岡山縣倉敷市兒島味野 2-5-3
電話／+81 86-441-9100
休假日／周二

岡山特產雄町米釀酒

CRAFT SAKE
純米大吟醸
雄町米
Miyashita Sake Brewery
純米大吟醸
雄町米の里
大吟醸

京都竹林 *(Photo/ Connie Wong)*

我也想在京都小住

近十幾年似乎越來越多人嚮往慢生活的模式，世界經過幾十年的高速發展，只令全球污染，城市更煩囂，生活更緊迫，過度的物質主義已侵蝕了我們的生活。「慢活」不外乎是放慢腳步，並非單指放慢活動空間，更重要是要自己騰出時間及空間去重新思考，再理通我們的人生觀、價值觀和生活態度，重拾有意義的生活。

當人生行到某個瓶頸位，感到困惑迷茫時，不妨歇下來，換個環境靜靜思考，因為休息是可以令你再走更長更遠的路。有很多以此為題材的散文小說甚至拍成電影、紀錄片或片集，去描述如此的心態及生活狀態。這類療癒心靈的題材長寫長有，證明世界上靜候安撫心靈的人又何其多。

幾年前日韓分別拍過數部散文式的小品電影，不約而同，電影都是以飲食來治療在大都市受創後歸鄉的心靈。日本那部叫《小森食光》（*Little Forest*）由森淳一導演，橋本愛主演，將「夏秋」「冬春」一分為二拍成兩套，後韓國又將之改編拍成《小森林》由林順禮執導，金泰梨主演。兩片內容相若，只是從不同版本看出背後所存在的不同社會與文化脈絡。電影中兩位女主角像十項全能，既懂農務又能勞動，對料理也很用心。以農作與飲食料理，貫穿兩部電影的共同主軸，以食物療癒受傷的心靈。

《小森食光》改編自漫畫家五十嵐大介（いがらしだいすけ）的同名作品《小森林》（《リトル．フォレスト》），原著於二〇〇二年開始在講談社的《月刊Afternoon》連載，作者根據自己在岩手縣鄉下生活時的真實體驗，改以女主角為中心描繪出來。故事大致講女主角遠離都市，返回沒商場沒超市沒大型商店的鄉村老家，自己耕田種地，過着幾乎自給自足的生活。「生きる食べる作る」為了生而食，為了食而作，看似簡單但卻知易行難。

去年底日本也有套七十分鐘的短劇叫《在京都小住》（ちょっと京都に住んでみた。），平淡的故事，但引起不少的反思。大意說在東京生活的佳奈（木村文乃飾），為照顧受傷的舅公大賀茂（近藤正臣飾）決定暫住京都，短短幾天的旅程帶給她很大衝擊，也從新認識到京都的文化及生活細節。這有如一部另類的深度遊記，在京都百年老店觸目皆是，不上百年都不好意思稱之為老店，如佳奈初到一間毫不起眼的鰻魚店，落手落腳的老闆原來已是第四代，主要烤鰻魚，女主角在東京慣吃那種量化、工廠式生產的燒鰻，竟然連關東關西式都不知，兩者做法不同，關東蒸完才烤，關西直接在炭上燒，出來便風味有異。

一天舅公叫她拿水樽往神社水井取水，她百思不解為何要多此一舉，不直接取自來水，她不知京都人對他們的地下水很有自豪感，遍處有水井。我每次往京都，很喜歡在逛廟宇時，例喝幾口地下水，清甜入心遠超一般礦泉水。京都人很珍惜水，他們的地下水水質特軟，喝上不只透心涼，還很清甜純淨，用來做高湯，泡茶泡咖啡。泡出的咖啡滿室皆香。京都人被自家水寵慣，所以到了外面很易水土不服。影片藉女主角的外來角度，帶出京都淳樸，充滿魅力的一面。平淡的劇情講平淡的日常生活，不外乎逛鰻魚店、豆腐店、咖啡店、點心店、書店、陶瓷店……等。雖然在京都短短幾天，佳奈與舅公的相處中，被他的生活態度影響而有所改變，終於找到真正的自己，同時也找到了屬於自己的出口。究竟是她改變了自己，還是京都改變了她？

很多人看京都只看表面，以為不過是另一個小東京的旅遊點，那就大錯特錯。京都是個仿唐朝長安城建造的城市，至今仍保留着千年前的原始風貌，那一抹遠去的盛唐風光，被稱為最像昔日的長安，它的古都身份得到舉世認可，是一座城市的文化底蘊和歷史風情，城因人而在也因人而活，千城有千貌，你看強國的城市大都是千篇一律，所謂的古城已失去昨日的面貌，神韻淳樸之風，早已蕩然無存。如果你去過西安，還以為有昔日漢唐盛世長安的痕跡，你準會失望，但萬料不到是盛唐竟可以在京都重現。京都是日本人的精神故鄉，是日本文化的發源地，這座城市在一千多年前就已受到盛唐長安的影響，將很多唐代文化保存下來。京都於七九四年已被定為首都，參照唐朝的長安城修建很多宮殿和寺廟。自平安王朝到明治維新這千多年來一直都是首都，眾多的古建築讓它成為世上其中之一個最富文化氣息的城市。可能因為有悠長文化背景和歷史，令京都人有點高傲不易相處。

京都人說話的腔調明顯另有一格，那是帶點優雅柔和的所謂京都腔，被日本人公認為最優雅的日本方言。其中又分貴族上層所講的「公家言葉」和較市井庶民的「町言葉」語調，現「公家言葉」只殘存於社寺中，大部分人承襲用的是「町言葉」也即平民語「京言葉」（Kyō kotoba），對京都人來說，這才是京都話，不能與「關西腔」混為一談。即使日常很簡單的問候、請安、道謝等用語都有分別，如說謝謝，他們是講「おおきに（Okini）」而不是「ありがとうございます（Arigatougozaimasu）」。

金閣寺

錦市場內廟宇

更要命是京都人的「腹黑」文化非常出名，說話經常表裡不一，你聽不慣以為口是心非，有時句句話有弦外之音，你也可說是話中有刺，一個不留神就會被腹黑成精的京都人噴到一身墨，所以全日本都公認京都人是最難搞的「天龍國人」，跟他們打交道要懂得讀空氣。最出名的一個笑話去形容京都人是「茶漬飯」，當你在京都人的家作客，如果主人家問你：「要不要吃一碗茶漬飯？」其實意思並不是真的要招待你，而是表示「你是時候應該回家了」。廣東話更白：「你夠鐘返屋企。」

如果講真正美食之都，講質而非講量，講飲食文化底蘊之深厚，京都確是當之無愧。京都氣候四季分明，出產了不少味道濃厚、美味而獨特的蔬菜。「京野菜」便是指京都出產的蔬菜，香氣濃郁的「九条蔥」、鮮美多汁的「賀茂茄子」、滋味甘甜的「淀蘿蔔」等等，都經過悉心培育，嚴格揀選產品品質、規格以及生產地，目前只有三十一種品項，可以用「京都名產品」為名，貼上「京標章」流通於市面上，要通過認證，需具備很多條件，其中一項是要有「京都感」。京野菜自古以來便與民眾日常密不可分，是當地家家戶戶餐桌上不可或缺的食材，很多更有過百年歷史的日本特有品種。由做漬物、家常菜到細緻無上的懷石料理，都缺不了京野菜。你知道所有這些京都農作物為何如此優秀？為何京都的茶、和菓子、清酒、湯豆腐料理都那麼美味？奧秘是因為京都得天獨厚，擁有非常優質的地下水，這天然資源用來製作料理、釀酒泡茶至做豆腐都非常出色，所以在京都，自來水都可直接入口不用煲。

錦市場是我在京都最喜歡流連的市場，雖然大阪的黑門市場比這處大和便宜，但感覺上「錦市場」較整潔和多一分文化氣息，是京都一條長約四百米的商店街，是很多京都人喜在此採購食材的地方，故又被稱為京都的「台所」（廚房）。街內共有一百四十餘家店舖，賣各種雜貨糧油醬料、京漬物、京野菜、各類熟食小吃等，甚至一些在平安時代被貴族珍愛的高檔食品，一些店仍有賣，只是製作費時費力價格也很高。這處很多店隨便都過百年歷史，有深厚歷史文化沉澱的京都，自然也孕育了無數的匠人以及屹立百年的老店。這些在浪淘沙中存活下來的老店，靠的不僅是品質，更是一種生活哲學，和在時光流轉中保留不變的初心和匠心。我不但逛市場，更喜歡到處吃，甚麼我都想買來試一口，還有很多古店值得細看，在那處，很易已消磨上大半天。

在「錦市場」附近有間叫「近又」的舊旅館，以前我都喜歡住上三兩天，尤其是懷石料理很出色。當然，在京都還有至高無上的「御三家」旅館和嵐山「吉兆」，但這些超貴地方只能偶然幫襯讓我見識便夠。我喜歡這間小小的旅館，是明治早年的舊町家傳統建築，仍保留小庭院，都有二百多年歷史，只得三四間房，可一泊兩餐，料理為旅館精心炮製的京懷石料理，不但食物精美，連盛載的器皿亦十分細緻講究。這旅館已傳至第七代鵜飼治二，聞說第八代鵜飼英幸已從紐約歸來接手，他們一家人都照應着旅館大小事項，記得以前老闆娘鵜飼真澄每天都親自上「錦市場」，去買最新鮮的食材和鮮花，日本很多這種一家大細，齊心合力去經營一個事業，很多心血都可以從細節中看到。

《在京都小住》是一套治癒系日劇，氣氛令人放鬆，看這劇浮現了當年我也有在京都小住的日子。我首次去日本，其實不是去東京，反而是去關西大阪，換言之，也去京都，我幾位好朋友都分別住大阪和京都，經常兩邊走，也初次意識到京阪兩地的文化差異，大阪多生意人，但以商業起家，有別於京都的優雅和文化底蘊，在京都人眼中大阪較市儈，他們着重生活的質感和含蓄，但大阪人認為做作，這兩個冤家經常狗咬狗骨，我唯有見人講人話。我特別喜歡京都的恬靜和雅致，到處是寺院廟宇，但奇怪也有很多地下樂隊，當年我便和朋友經常去聽搖滾。當然還有清水寺金閣寺的櫻花紅葉，都給我美好的回憶。幾年前，我重訪金閣寺，中途為了醫肚，我竟在附近找到一家毫不起眼的小店，賣家常的關東煮，小小的幾件魚蛋蘿蔔，竟媲美那些名店。

日日如常的生活雖然枯燥，但如果能夠從簡單生活中得到啟發而昇華，為存在賦予意義，在悲歡交錯的塵世中，獲得快樂和幸福，生活亦不外如是。正如《在京都小住》中有一段對白：「人生何不活得簡單一點，做着做着……不就會發現很多自己喜歡的事情了嗎？這樣的生活難道不快樂嗎？」

相關資訊：

京都錦市場
地址／京都市中京區西大文字町609番地
交通／阪急京都線「京都河原町」站，步行五分鐘

懷石・宿近又
地址／京都市中京區御幸通四条上ル
電話／+81 75-221-1039

京都近又懷石料理 (*Photo*/ 懷石・近又 / 鵜飼治二)

錦市場小店

(iStockphoto)

看人文，看風景，看京都

近年寫過多篇有關日本的劣文，導致有人以為小弟是「日本通」，這僅是美麗的誤會。雖然年輕時因公因私，每年造訪關東關西三數次，也曾短居數次，往來匆匆都有點像走馬看花。日本地不算廣但內容豐富，可看之處實在太多，春夏秋冬四季分明，每個季節都有不同之人文風景，更有各種各樣不同風味美食滿足我這嘴饞饕客，所以我越去越入味，去極不厭。

早年常往關西，曾在京都小住數回，是有種難以言喻的親切感和情意結。記得最早於七十年代已去京都，當時好些朋友都住在關西，幾位在大阪工作的住京都，每天長途跋涉到大阪上班，其中一位老友美國人 Bob，娶了位日本太太，兩口子住在京都，他是位作家及編輯，我們曾在日本及韓國共事，偶然我往京都他都招呼我住在他的日式町屋。我們喜歡音樂，時常結伴去聽地下樂隊，他對音樂瞭如指掌，很有獨特見解，後來才知他的家族頗有來頭，堂兄是 Arlo Guthrie，是位民謠歌手，伯父 Woody Guthrie 更是樂壇教父，教出個 Bob Dylan。

京都跟東京甚至大阪有截然不同的風格和個性，甚至可說與其他城市有點格格不入，很多關東那邊的朋友告訴我不喜歡京都人，甚麼都多此一舉，連大阪人都說受不了京都人，他們嫌京都姿整禮多兼不苟言笑。如果你明白來龍去脈就一點不怪，你看看幾十年前此處的港島人不喜到九龍，市區的人嫌新界人是鄉下佬沒文化，可見地域歧視到處一樣。在東京如跟朋友說將搬到京都生活，反應往往幸災樂禍輕笑忠告說要當心點，京都人好難應付的，祝君好運。一般而言大阪人較豪放，京都人被公認含蓄難搞，打交道要懂得讀空氣，一不留神就會被腹黑成精的京都人噴得混身墨。你可說他們言不由衷，日本人說話有分「建前」與「本音」，「建前」是場面話，「本音」是真心話，你要懂得聽。大阪人直腸直肚，但京都人說話如跟你耍太極拳，能以柔化剛去解決難堪的事情。

京都是充滿人文氣息的城市，適合以單車、公車，甚至是散步的方式慢活品味，宜自由行選擇下榻當地民宿町家。作為千年古都，本身就是一個充滿能量的地方。京都有超過兩千間大小寺廟神社，三步一寺五步一社，到處見到和式町屋舊建築，最值一遊的是寺廟。「南朝四百八十寺，多少樓台煙雨中」，金閣寺、清水寺近年已被遊客「污染」，不妨去位於嵐山附近充滿神秘感的西芳寺，也叫「苔寺」，為了不受人類過分打擾，寺方從一九七七年開始，已實行預約參觀。一般日本的寺院參觀門票收約三百至五百日元左右，西芳寺收三千日元，但包括聆聽誦經、親手抄經、寫許願木牌、參觀庭院等多個環節。複雜的參觀程序及高昂門票，成為最難造訪的寺廟，即使如此慕名而來的人仍不絕。

苔寺的精華不在建築，而在遍佈滿庭院的千年苔蘚，色彩奇幻豐富，暗黑、深綠、翠綠、新綠、翡黃、各種深深淺淺的綠，像幅變化多端的大地毯。陽光透過高處的枝葉，打到苔蘚上，或水面上，折射出迷人的陰影或鏡光，讓沒有人的庭院如同仙境，也使人感到卑微謙遜，卻又充滿改變世界的力量，將自然的隱藏藝術發揮到淋漓盡致，這是日本其一最古老的庭園，是世界文化遺產。苔寺是蘋果教主 Steve Jobs 的摯愛，當年他就在這裡坐禪冥想，悟出了偉大的蘋果禪，也悟出 iPhone 手機，所以在他掌舵下的蘋果產品那麼迷人，在禪風裡散發着簡約而優雅的美感自成一格。至於近年的蘋果，是否因他的離去而失去光彩，大家心中有數，相信也不用我多說了。

喜歡去京都其中一個原因是可盡情享受和式生活，日本人一直有個夢想，一生人要去京都住一次「御三家」（ごさんけ），到吉兆嵐山本店豪吃一頓正宗的懷石料理。「御三家」分別是俵屋（たわらや）、柊家（ひいらぎや）和炭屋（すみや），都是上百年的傳統和式建築小旅館，三間都有獨自風格，世界不少顯貴名人都慕名但求一宿。那些星級酒店，即使設施再精美再豪華，地位都無法與上百年的京都「御三家」相比。柊家有兩百多年歷史，三島由紀夫的

《金閣寺》也在此完成。已故諾貝爾文學獎的得主川端康成有長房寫作，每次來都住十四號房，他曾這樣形容京都：「一個細雨的下午，我坐在柊屋窗畔，看着雨絲絲落下，時間仿佛靜止．就在這裡，我清醒地意識到，只屬於古老日本的寧靜。」

至於俵屋的名氣更大，有三百多年歷史，僅得十八間客房，長年客滿，沒官網只能透過電話方式預訂，至今仍保留着古老的傳統，是京都現存最古老的旅館，早已被列為國家文化財產。俵屋旅館其貌不揚，沒有所謂的華麗豪裝，但由踏進的一刻，就像置身另一個空間，進入了另一個世界。一個不留神入了個小小休息室，竟像個私人藏書閣，還放了本關於 Steve Jobs 的日文書，含蓄地紀念這位老朋友。你來不及翻書，身穿和服的女士已來侍茶，非常周到。旅館每個角落都能感受到「禪房花木深」的意境，融入日式簡約與純美的「侘寂理念」。也是這種特性質感，吸引出名十分挑剔的酒店控，「蘋果幫主」喬布斯生前經常到俵屋靜修。

在過去幾十年，雖然去過十幾廿次京都但仍感覺陌生，這是個需要深入觀賞細節的地方，就像其懷石料理，你不能當去食迴轉壽司或吃個拉麵，你要細味東方式的 Fine Dining，我也可以理解為甚麼很多人會寧願在東京做購物控，也不願去京都慢活作深度遊。其他地方很多觀光指南在京都都用不上，因為並不須要，她的外在內涵太多，是要用心去細味。我一直想再細看京都，像個舊情人，有過歡樂，也有失落，重新深情地去認識去探索，也許是個理想的烏托邦，樹影婆娑明月照，一樹繁花但見花開花落，仿佛飄來了徐徐餘香。

後記

京都確是個理想慢活的地方，有無數的廟宇古蹟舊街道，值得你細味欣賞，在那處可隨意去體驗茶道、花道、禪道甚至去古寺抄經，「寫經」除了原有的修行積德的意思外，也是尋求身心安定以及淨化的修為，透過坐禪冥想，找到內心的舒暢與平靜。要不可坐人力車去瀏覽嵐山的竹林，在高聳竹群之間漫遊。這些在東京是不能感受到的，難怪喬布斯生前選擇在此間禪修冥想，才走出一個蘋果的世界。

相關資訊：

西芳寺
地址／〒615-8286 京都府京都市西京區松尾神ケ谷町 56
交通／從京都站乘搭 73 號巴士，車程約六十分鐘，到「苔寺　すず虫寺」落車步行三分鐘

吉兆　嵐山本店
地址／京都市右京區嵯峨天龍寺芒ノ馬場町 58
電話／+81 75-881-1101

俵屋（たわらや）
地址／京都市中京區麩屋町三條下ル
交通／乘地鐵烏丸線在禦池站下車，步行三分鐘左右可到。
電話／+81 75-211-5566

柊家（ひいらぎや）
地址／京都市中京區風谷町中白山町 277
交通／　乘坐地鐵烏丸線在烏丸禦池站下車，步行七分鐘。
電話／+81 75-221-1136

炭屋（すみや）
地址／京都市中京區麩屋町通三條下る白壁町 431
交通／乘往地鐵烏丸線在烏丸御池站下車，步行十分鐘可到。
電話／+81 75-221-2188

(iStockphoto)

懷石料理 (iStockphoto)

米澤雪山

米澤在細雪中的「秘湯」

米澤對我來說是個陌生地方，從東京站搭新幹線至米澤站約兩個多小時，朋友早在那邊恭候，接我們入住深山的酒店。抵埗時大雪紛飛，我還以為去了北歐，這個山白雪皚皚，還是個滑雪場，很多人來是泡「秘湯」。

米澤這地方雖然很小，但很特別，天然環境優美物產豐富，除了標榜有三大特產蘋果、米澤牛和鯉魚料理外，還有很多天然物產，當地釀酒也很好因稻米的品質優良，我曾去參觀其中一間酒藏資料館，介紹釀酒過程及各種珍藏工具，當然少不免要試試其純米大吟釀。米澤地區的紡織業也相當興盛，以販賣「米澤織」而聞名。「米澤織」的歷史可以追溯至第九代米澤藩主上杉鷹山在位之時（江戶時代中期）。當時他為振興米澤藩低迷的經濟狀況於是開始致力生產紡織原料，「米澤織」所製作出來的各種商品到處可見到。

如講當地名氣最盛的當然是米澤牛，去米澤觀光必然食米澤牛已成指定動作。到專門店吃和牛前，最好先觀察一下店家提供的和牛所註明的「銘柄」和「格付」，「銘柄」指和牛的產地，而「格付」指「級別」。日本國內黑毛和牛銘柄牛約有一百五十種以上，若照日本政府觀光局（JNTO）介紹，十種有名的和牛品牌為松阪牛、神戶肉、近江牛、岩手短角牛、米澤牛、常陸牛、上總和牛、京都肉、宮崎牛和熊本赤牛。也有另一種說法，認為三大和牛為松阪牛、米澤牛和神戶牛。日本和牛有超過二百個品牌，品種頗多和說法不一，每個品牌都由不同的畜農業者、地方政府與協會組織所支持，各自擁有不同的故事、特色與養殖方式，因此也造就肉質口感、價格、產量的差異。

大家一定看過店家招牌或菜單上常寫著「A5黑毛和牛」的類似字眼，表示店家的和牛品質級數是A5，級數是由日本食用肉等級認證協會以統一標準來制定規格。A、B、C的英文字母是指去除內臟、皮之後從一頭牛身上可取得的食用肉比例多寡，A為最多、C是最少。英文字母後的數字則是以油花分佈、肉的色澤及紋路等細微的地方來評斷肉的品質，總共有一至五個級別，五為最高級。

日本人吃牛肉的歷史其實不久，古時認為不吃肉是功德，逼別人不吃肉是大功德。從前只有窮人才吃，地位遠不如魚肉，升呢始於一八七二年由明治天皇帶頭夾起那一筷牛肉，才引起國民注意，突然味蕾像開了光，發現牛肉中竟有像雪花散落般的脂肪，是為「霜降」，從此便講究成為珍品。日本人後發現本國牛不夠吃，便引進外國靚牛混種，經過幾代人和幾代牛的努力，牛種越交越雜，日本牛的「霜降」基因被逐漸稀釋，長此下去，牛將不成牛。日本政府不得不在上世紀五十年代，把黑毛和牛、褐毛和牛、短角和牛和無角和牛四個品種確立為「和牛」，並嚴禁這四種牛再與其他外來牛雜交，這就是粗略的和牛發展史，其實算起來也只是得六十多年的歷史。

這四種牛的牛肉各有特點：黑毛和牛「霜降」很明顯，身價最高，褐毛和牛肉質偏瘦，短角和牛少有「霜降」但肉香濃郁，無角和牛瘦肉含量最高但產量最少。四種和牛的命運也不同，黑毛和牛因容易形成「霜降」肉質最受食客歡迎，佔據了九成以上的市場，而無角和牛因幾乎沒有「霜降」而一度瀕臨滅絕。現在我們所吃到的「和牛」，幾乎全是黑毛和牛。為了產出更多的「霜降」牛肉，所有的黑毛和牛都是「三高」牛，高血壓、高血糖、高血脂，越高表示霜降越多，肉質便越好吃，如果是人早已爆血管。

我早已脫離食肉一族，因高處不勝寒，平日甚少食牛，但每次去日本，想起「霜降」和牛，我還是抵不住那脂香夾雜着焦香四溢，肉汁流放，嫩滑溶化纏綿於齒唇間，我通常認命乖乖地無條件投降，更要先烤牛舌，再指定食和牛上橫膈膜側的內臟肉，食完至算！很奇怪，在香港常見到神戶牛、松阪牛甚至近江牛，反而很少見有米澤牛，這次入鄉隨俗自然不能錯過。在三大和牛中唯一產自東北的米澤牛，生長在四季變化劇烈的環境，飼育環境良好、使用富含礦物質的飼料，長時間育肥讓脂肪確實滲透至肉中，適度的油花是其美味的秘訣。不管做成甚麼料理都非常美味。每次我都盡情享受柔滑口感的牛排、燒肉，用最纖細的腰脊肉做壽喜燒、涮涮鍋，連吃幾餐，看來好一段時間要禁肉了。

山形縣位於日本北部東北地區的日本海沿岸，擁有豐富大自然資源，溫差很大，夏天熱死，而冬天又會凍僵，但是一個充滿自然美景的好地方，有許多知名的天然溫泉，還有許多深山中的「秘湯」。區內最出名是米澤市，受到地形、氣候與良好水質的加持，得天獨厚，不僅出產知名的「米澤牛」，還釀育出品質優良、口感醇厚的日本酒。米澤位於年積雪量達六公尺的豪雪地帶，由日本百名山「吾妻山」所流出的豐沛融雪水，形成縱斷山形縣的最上川源流。融雪水滲透地層成地下泉水，富含礦物質且口感柔順，流進各家酒藏，酒藏用此來釀製日本酒。積在山林中的雪，到春天融化後，變成水田用水，種植出專屬釀酒的上佳好適米。在地有很多以夏天種稻、冬日釀酒這樣的生活形態、善用自然與原料循環的農家。

釀好酒要有好酒米，酒米是釀造日本清酒及其麴米的原料，所謂「酒造好適米」，與一般食用米不同，酒米特重澱粉，減少會造成雜味的蛋白質和脂肪等成分，對品質有特別要求。酒米的米粒較食用米大及柔軟，澱粉質多，中心呈乳白不透明狀稱為「心白」，心白有許多微小空隙，利於麴菌深入使澱粉質轉化為糖分。為減少雜味，酒米會磨掉更多米的外層部分，碾米後餘下的白米佔糙米的比重，稱為「精米步合」，譬如將一粒米磨到剩下一半，其精米步合為百分之五十。

米澤除了有上杉神社的歷史景點外，還有釀製上杉家族御用酒的一間創業四百多年的釀酒廠。上杉神社是將戰國時代的名將上杉謙信作為神靈供奉之神社，是在一八七六年將米澤城遺址改建而成。創立於一五九七年的「東光」是米澤地區最古老的釀酒廠，也是米澤藩的御用酒舖。資料館是為了能讓遊客了解米澤地區昔日的釀酒過程與歷史，而在一九八四年將大型舊酒廠依其原狀復原而改建成。

經當地友人特別安排，帶我去參觀東北最大規模的酒造資料館「東光的酒窖」，館內設置仿佛穿越時空返回明治時代酒窖的空間，釀造倉是過去實際釀酒用的土窖改建而成，土窖佔地面積一百四十坪，如走進昔日的釀酒廠現場，充滿歷史氣息。酒窖的主棟部分沿用古建築方式做，不用鋼釘的傳統工法所建，是現代技術難以重現的歷史性建築。看到這麼大的酒桶，一次可釀出二百瓶一升的清酒。其中自然以精米步合數字最低的「純米大吟釀」最昂貴。參觀完清酒的製造過程，我們在附設的酒品販售處試嚐各式佳釀，當然少不了「純米大吟釀」，未到晚飯我們已酒醺人半醉。

米澤深山有八個溫泉，簡稱「米澤八湯」也叫「秘湯」，每個溫泉各有特色，泉的溫度及泉質，還有四季的風情都不同，源源不斷湧出的溫泉會治癒每個造訪米澤八湯的心靈，這神奇療效只有在溫泉才能體驗到，泉主組成了「溫泉米澤八湯會」，又有個「日本秘湯守護協會」，透過每一代旅館主人，去看守名湯。我不知所住的酒店是否也是「秘湯」，反正酒店後山有個天然大溫泉，濃濃的硫磺味彌漫在霧氣中，連我房間外也引進一個私家天然小溫泉，這幾晚飄着輕雪，雪花飛舞的美景在露天溫泉中綻放，每晚回來我已急不及待坦蕩蕩出去浸湯，喝着清酒細雪連綿，雪花不時飄入，周邊滿滿都是細雪，泡在湯裡雖然頭冷身熱，但心也暖呼呼，難得與大自然合為一體，能在雪中浸「秘湯」人生只有這次，有說不盡的詩情畫意，在不知不覺中已醉進入意境。

相關資訊：

酒造資料館「東光的酒窖」

地址 / 山形縣米澤市大町二丁目 3-22（柳町上通）

電話 / +81 238-21-6601

米澤東光釀酒廠

米澤四大名物

米澤的鯉魚料理

每隔一段時間就會看到一些報導，有關三文魚有寄生蟲或吞拿魚含水銀毒之類的新聞，多年來我已多番寫文告誡那些一知半解，胡亂食魚生的敢死隊，有朝如果健康出問題就悔不當初。某日本機構在港曾做過問卷調查，結果發現港人對壽司的認識其實很皮毛，只懂些熱門水產如三文魚、吞拿魚和蝦之類，喜愛三文魚佔百分之九十五，半數以上不識鯛及油甘魚，更遑論其他的海產類。寄生蟲和細菌等問題一直是個大隱憂，現在更加上海洋嚴重污染，看來我們知道的僅是冰山一角，這全是人類的愚昧自私貪婪所做成今天的局面，你自以為是萬物之靈，但保護環境自然生態的意識其實很薄弱，而我見到的卻是愚不可及，活該自作自受。不論多喜歡食刺身壽司，都要對一些魚生的基本常識不可不知，否則最後只食到一肚子蟲就自作自受。

一般日本人其實很少吃淡水魚，更別說食淡水魚生，像廣東家鄉的七彩魚生，他們敬而遠之，固然沒這習慣，加上衛生安全考慮，令他們卻步。不過其中也有例外，因他們會食河豚刺身鯨魚刺身，也有鯉魚刺身，相信即使在廣東魚生中也沒有這樣吃。日本食鯉魚的文化由來已久，尤其在內陸地區，吃不到海鮮，食河川湖魚較多，而鯉魚算是高檔魚，日人之結婚喜慶日子，多以高級鯛魚宴客，不少內陸地方，會以鯉代鯛。據《詩經》記載：「飲御諸友，炰鱉膾鯉。」古人食鯉，剛開始時用於做膾，膾者即生魚片，證明古人食鯉始於做膾，是有歷史根據的，現這門食藝已在中國消失，反而在日本卻將鯉魚魚生這傳統文化保留下來。

日本料理的「生食」文化，有時都不可理喻，除了一般刺身外，生牛肉或生馬肉也常見於日本餐桌，甚至有食生雞肉。那些生雞肉切片後，可用火將雞皮輕輕炙熟，但皮下的肉仍是生，或有店完全不經火炙就可蘸醬油吃，不只雞肉，連雞心、雞肝也可生吃。生雞肉叫「雞刺身」也叫做「鳥刺身」，並非隨便在凍肉店亂買凍雞肉回來蘸調味料就吃，那準會出事。「雞刺身」原是鹿兒島及宮崎縣一帶的鄉土料理，當地以盛產優質雞隻聞名，一些農場要經特別飼養的雞和蛋才可生吃。從江戶時代起，日本九州已有生食雞肉的傳統，愛生食雞肉的饕客認為，舌尖裡豐厚的口感與均勻的脂肪，會帶出有別於生魚片的另類美味感受，我都食過幾次，並不覺有何舌尖上的快感。

日本用鯉魚做刺身，一定要在人工養殖環境中成長的鯉魚才行，一般野生鯉魚是不會做成刺身，就是要提防有污染和細菌，而食鯉始終未見普及，在日本也很少見有此種專門料理。他們做鯉魚刺身，是起魚片扔進冰水，讓魚肉收縮結實，稱之為「鯉の洗い」（Koinoarai），也有以攝氏四十八度溫水輕拖鯉魚片數秒，去除泥味，抹乾魚片後，食時會用醋、糖、白味噌混成醬汁蘸點。

我記得首次食鯉魚刺身在一九九三年，那年我與故友Robert，他也是我的客戶齊應邀往日本公幹，造訪一個頗偏遠的地方叫米澤，我們是VIP，既然遠道而來自然受到熱情接待，結果這行程我試了幾樣人生首次的東西，包括住在山上擁有私家戶外天然温泉的大客房，初嚐米澤牛和鯉魚刺身。原來米澤有三寶特產，是蘋果、米澤牛和鯉魚料理，我都不客氣地食足幾天，飽嚐這些特產，着實是不錯的。我對淡水魚生很抗拒，就是怕有蟲卵細菌感染，我才不信肥媽那套所謂淡水魚生「偉論」，說甚麼放心食淡水魚生，我卻一點也不放心。

當地人為使我們安心，特別帶我們往參觀鯉魚的養殖場及處理方式，還詳細講解，令我們上了寶貴一課。原來米澤地區由二百年前起已有食鯉魚的習慣，米澤鯉有悠長歷史，可追溯到一八〇二年，當時的藩主上杉春典患疾，曾不厭其煩地向其他藩邦尋求鯉魚用來作食療，據說開始時，在米澤城的護城河中，由幼鯉開始飼養。米澤氣候嚴寒但環境潔淨，鯉魚在冰川上游雪域特有的純淨水源中養殖三年，成為肉質好又無泥無臭味的優質鯉魚。在今天，鯉魚料理也成為米澤地區的新年節日和婚禮等慶典活動中不可或缺的菜餚。

鯉魚除了做刺身，還有很多其他的做法，像炸鯉魚、煮鯉魚等在當地都出名。如宮坂屋的

「甜水煮鯉魚」，便是不錯的手信，宮坂屋的鯉魚要煮大約兩個半小時，有很嚴謹的製作工序，要先仔細去除鹼液，才可煨出甜煮之味。在不同的季節，鯉魚的粗細和脂肪量都不同，味道和光澤的呈現方式也會發生變化。工匠要小心照顧好每個鍋，通過檢查熱量來完成。這種獨特的甜味，他們說是上杉城下町米澤特有的味道。他們送上幾包手信，晚上我們已急不及待用來伴酒宵夜幹掉。

當地鯉魚有很嚴謹的飼養方式，基本上無菌無蟲很安全，既然我可食河豚，吃鯉魚刺身又何妨。傳統的料理方式主要為紅燒，其他還可做刺身、魚丸及炸魚片等。米澤的鯉魚料理味道非常特別而且很鮮美，當地是個天然食材寶庫兼糧倉，一些食店更提供自家菜園現摘的蔬菜，做成各種季節料理，難得的鮮美。像我們去食鯉魚料理這間專門店，有自家的天然養殖場，通常運到店後再在店外的魚塘放養一段時間才成料理。

在米澤幾天適逢降雪，感覺像在歐洲而不在日本，因環境不同，沒高樓大廈一點不似東京大阪。最令我留下深刻印象的是這間遠在雪峰頂上的酒店，這麼大的度假酒店好像只住着我們幾個人，令我不期然聯想起大導演 Stanley Kubrick 的經典驚慄片 *The Shining*，尤其酒店外就是個很大的滑雪場，白茫茫一片，有叫天不應叫地不聞之感。幸而我房間外有個小小的私家天然溫泉，泉質屬於鹽化物泉，散發着陣陣硫磺味，嚐起來偏鹹，那晚剛好飄雪，在紛飛的雪花下浸溫泉，無上感覺確是窩心愜意。

鯉魚料理名店「鯉之六十里」

「宮坂屋」甜水煮鯉魚

闕東煮老店 *Takoume* (*Photo/ Takoume* 岡田哲生)

關東沒有煮

很多人喜歡日本料理，但卻一知半解連甚麼是壽司和刺身都分不清，亂點醬油山葵，又將打邊爐誤作關東煮，甚至連街邊篤魚蛋都變成關東煮。有點像以前美加唐人街的雜碎炒飯，我們往往食到啼笑皆非。看到在超市、便利店或路邊攤檔賣的關東煮，幾乎沒有一樣是正宗，湯汁像方便麵的調料包味精水，美其名叫關東煮，但卻沒有一點 Oden 的味道。我在日本只見有「おでん」Oden，但似乎沒怎見到有「關東煮」，「おでん」怎麼會變成「關東煮」？究竟這「關東煮」又從何而來？

「關東煮」的由來其實眾說紛紜，有說源自中國東北的火鍋燉，也有說是廣府人所烹的「廣東煮」，就是港人樂此不疲的火鍋打邊爐。如果由韓國人說，這必是從他們那邊傳過去。較可信的應該是由食豆腐開始，日本人從平安時代已開始吃豆腐，最初的おでん是將豆腐切成長型，以竹籤串上，再輕輕在豆腐上撒鹽巴然後稍微燒烤。隨着時代變遷，開始有不同的食法，將豆腐上塗滿甜味噌串在竹籤上燒烤叫「豆腐田樂」，水煮田樂就叫「御田」（おでん），在江戶時代末期，關東煮漸漸演變成現今我們熟悉的樣子，是種極平民化的雜煮。關東與關西口味的差異在湯頭和沾醬，關東人習慣濃味，湯頭以鰹節、濃口醬油為主要材料熬煮，顏色偏深，味道濃郁甚至偏鹹。而關西人相反，喜以昆布、薄口醬油為基調，湯頭顏色清澈，味道清淡甘甜。關東習慣將食物沾芥末，名古屋一帶則喜歡沾味噌。

去食關東煮如要考牌最好先試試其大根（白蘿蔔），認真入味的白蘿蔔，要經過八小時長時間慢火熬煮，用筷子輕輕一夾已可化開，鮮美湯頭精華盡在其中。秘傳濃厚湯頭是關東特色，東京人喜歡把竹輪、大根等食材浸泡在濃郁的湯汁裡吃，他們說這才飄散着濃濃的關東味。不過我也聽過有人說食關東煮不會去喝湯，因精華已盡滲透在食物中。

很多人誤解以為關東煮不過像食火鍋，將所有材料掉入鍋去，然後一鑊熟就算大功告成。但專家說おでん最忌一鑊熟，並不是簡單把不同食材同鍋燉煮的料理，除了要分別把食材煮軟，如何令食材燉煮入味才是燉煮料理的竅門。簡單如煮個蘿蔔，要煮得講究是有些秘訣，先用米水將蘿蔔煮一次，把內部的硫化物吸附出來，否則怎麼煮，湯汁的味道都很難溶入食材內部，如果先加調味料，組織會變緊，纖維也就無法軟化，蘿蔔就不能入味。真正的關東煮其實有很多學問，食材千變萬化，每種食材都有不同的烹煮方式和深奧學問，別以為在街邊篤魚蛋又當是關東煮，那不過是A貨。

日本人吃關東煮大大話話吃了一千多年，關東關西不過是粗分，還有很多其他地區的特色風味，每個地方都有些重點，才煮出當地的味道。例如沖繩關東煮，除放入季節性蔬菜，還會放豬腳、香腸。名古屋關東煮，就以紅味噌調料，並以牛筋、里芋當作食材燉煮。靜岡關東煮使用牛筋、豬內臟熬出黑黑的湯頭，再將食材用竹籤串起，沾取海苔粉、黃芥末、味噌等，好像很鹹但吃起來卻意外地鮮甜。

南部鹿兒島的關東煮則以豚骨和麥味噌做成濃厚口味高湯，加入大根、雞蛋、和豬排骨，特色是有炸番薯等食材烹煮。這些關東煮已變成和東京關東煮完全不一樣的料理。九州博多關東煮，習慣加雞肉慢慢燉煮熬湯，也喜歡吃包肉的餃子卷。在愛知縣和岐阜縣一些地區，可以吃到角麩，會吸收很多的湯水，口感像年糕。青森縣的關東煮除了加入螺貝，就不得不提箬竹，這是東北地區特有很細的筍尖，口感特別，是代表性的野味。還有切成薄片的魚餅叫「大角天」，用竹籤串成波浪形，是有點像粗糧點心口感的天婦羅。在青森記得要蘸這個特色生薑味噌醬，是青森的特色吃法，食用起來美味無比。

金澤關東煮有其他地方見不到的豆腐皮包肉，在油炸豆腐皮中夾入肉餡和胡蘿蔔、洋蔥等蔬菜，油豆腐十分吸汁，吃起來如同肉的味道，另一種像車輪而被稱為「車麩」的烤麩，是像魚糕之類的蒸物，關東煮獨一無二的食材叫「紅卷」。金澤還有一間很特別的關東煮店叫「菊一おでん」，是金澤非常有名的蟹面始祖，每到秋天螃蟹解禁期，很多人會專誠到此來飽嚐螃蟹面（かにめん）。這個讓人垂涎欲滴的蟹面，是當地鮮捕的香箱蟹，一年僅有兩個月的漁期，相當珍貴。把蟹拆開將蟹肉、蟹膏、蟹籽、蟹腿全部挑出來混在一起，再填入蟹殼裡，蟹籽顆粒分明，蟹黃口感濃厚，蟹肉無比鮮甜，難怪他們叫「神仙關東煮」，只是價格可能比一般關東煮店貴。

正宗的日本料理是很專一，壽司店通常只賣壽司，天婦羅店就賣天婦羅，就像我們吃雲吞麵就該去雲吞麵店，所以吃關東煮的也該去專門店才對。如在東京不妨去這間有近百年歷史的老店「お多幸本店」，在日本橋附近，價錢適中。最好坐在板前，可近距離欣賞師傅撈豆腐的手藝，並可看到一大鍋關東煮，點你喜歡的吃。如在午間食自己的，可單點一份四款才九百五十圓，再加一道招牌菜「豆腐飯」（とうめし）三百九十圓，只是在一碗白飯上加一塊豆腐淋上湯汁，看似簡單但非常美味好食，更飽到要捧着腹。

歷史最悠久的關東煮名店原來不在關東，而是在關西，在大阪道頓堀鬧區，傳承五代的「たこ梅」（Takoume），在江戶時代一八四四年開業，有一百七十八年歷史。「たこ梅」代代相傳有自家的說法，據第一代創辦人岡田梅次郎說，他嚐過廣東人烹煮的「廣東煮」料理，覺得很好吃因而做成關東煮，我懷疑這「廣東煮」可能就是廣式打邊爐，信不信由你。這店因有歷史，很多人慕名而來。關西的關東煮多較清淡，但是「たこ梅」的湯頭卻濃郁鮮美，甚至在唇邊留下一點黏膩感覺。因「たこ梅」一大特色是在湯底加放鯨魚筋、皮、舌等去熬煮，湯會帶點濃稠感，增加層次。今天用鯨魚材料做關東煮已不多見，但在這處反而成為賣點。「章魚甘露煮」幾乎檯檯都叫，以清酒、砂糖、醬油烹煮成的冷盤，鹹甜入味，章魚軟腍中帶有嚼勁，是其招牌菜。在「たこ梅」還可嚐到難得一見的鯨魚舌（さえずり）、鯨魚皮（ころ）等關東煮料理，都是很有特色，在其他關東煮較罕見。

在大阪吃完日本最古老的關東煮後，可到京都去試另一間百年老店，位於祇園鴨川畔的「蛸長」（Takocho）。祇園是京都最大的藝伎區，從江戶時代起已是京都最具代表性的繁華街，區內光茶室已有數百間，每次我到京都，都喜歡抽空到祇園一逛，尤其在花見小路愜意地漫步，沿路細看相當有特色的「町家建築」，感受古老京都的氛圍，那一帶仍可見到處穿和服的女人，還有婀娜多姿的 Maiko 是年輕的舞伎，處處充滿着經典的京都風情，勾起我年輕時常流連京都的日子。

「蛸長」（Takocho）（一八八二年）從明治十五年開店至今已一百四十年，現已是第四代經營。並不是一般的小吃關東煮，也不只是居酒屋的下酒菜，打從創業起就獨沽一味，只賣おでん。店很細，得一張L型吧檯，只有十二個位，所以長期客滿，不設預約只能等位。「蛸長」做的關東煮並非一般人所熟悉的關東煮，牆上掛着很大的菜牌但沒標示價錢，那些菜名千奇百怪，漢字雖然看得懂，但意思卻莫名其妙，不知葫蘆在賣甚麼？看菜名竟像要猜謎，別說我看不懂，連很多日本人都要問清楚究竟是在吃甚麼？這個大餐牌有個名堂，叫裏種（Ura-Tane），「種」字上下顛倒表示發音也要從「Tane」變成「Neta」，「裏ネタ」意指「隱藏版菜單」。餐未開，先要和你玩燒腦，我還以為在看 Christopher Nolan 的燒腦電影。不過這倒有些意思，客人都很多時指着餐牌議論紛紛，人人都自以為猜中。例如「炒皮」，原來指鯨魚皮（ころ），「和布」是海帶，「阿蘭陀」是一種魚板豆腐，「七五三結」是燒烤過的章魚飯糰，再淋上關東煮高湯，即湯泡飯。最好笑有個叫「紐育」，令人想半天不明所以，原來是紐約（New York）的外來語發音，是指一種產自紐約的萵苣（Lettuce），這種萵苣關東煮很少吃到。

在「蛸長」我嚐到不像一般關東煮的關東煮，顛覆了原本對關東煮的印象，甚至可說不像在食 Oden。基本上每種食材都分別用高湯熬煮，燉煮時間因每個食材而異，有點像粵菜的文火炆燉功夫。像那招牌章魚腳，點菜後起碼要等十五分鐘，經高湯熬煮後彈性十足，咬下去軟嫩鮮甜。這樣花時間去熬煮，讓高湯滲入每個食材的深層內。有人認為關東煮不過是庶民料理，如此多功夫，是否多此一舉。好像食魚蛋，收得多少一串？廿多年前，在這小店試過一頓午餐，竟消費過萬円，夠食懷石料理，如以關東煮的標準來說屬於誇張。這不是一般的小吃關東煮，也不只是居酒屋的下酒菜，價格偏高。但想到這是在別的地方嚐不到的美味，即使平民的關東煮，美味也可以俘虜你的心。

相關資訊：

日本橋「お多幸」本店
地址／東京都中央區日本橋 2-2-3 お多幸ビル
交通／東京メトロ銀座線「日本橋」駅徒步約兩分鐘

「たこ梅」本店關東煮
地址／大阪府大阪市中央區道頓堀 1 丁目 1-8
電話／+81 6-6211-6201

「蛸長」Takocho
地址／京都市東山區宮川筋 1-237
（水曜日定休）
電話／+81 75-525-0170

「菊一」關東煮
地址／石川県金沢市片町 2-1-23

(*Photo/ Takoume* 岡田哲生)

鯨魚筋關東煮

(iStockphoto)

關東煮的靈魂

不久前寫了篇「關東煮」，結果很多人問我哪處有得食，又叫我介紹多些好吃的關東煮。坦白說，我沒有特別好的推介，因為此地的所謂關東煮，其實已變質，似車仔麵多過Oden，我並非有意貶低車仔麵，只是各有不同的味道，橙同蘋果無須比較。關東煮有特定的食材，重要的是用甚麼煮和怎樣煮。在日本，到處可吃到關東煮，由街邊檔到居酒室及專門店，大街小巷到便利店都有賣，當然有不同的檔次和味道。日本以外，在台灣也十分流行，實際上關東煮已成了台式關東煮，大部分已不是日本的原始口味，食物材料上也有頗大差異。

早於日治時期，關東煮已被帶到台灣，聽說台語中的黑輪（Oo-lián）就是由Oden演變過來。至於關東煮在便利店出現是在大約八、九十年代，那時我經常要躭在台北拍廣告，偶然在7仔見到有關東煮，大喜過望以為是夜宵救星，豈料一食立即想吐，像吃了一口味粉，難食死了，與原來的關東煮相差何止十萬八千里，此後怕怕。不過他們連串的7仔廣告倒拍得不錯，令人溫暖窩心。日本便利店通常都打點得明亮乾淨，哪怕店內有賣炸雞、肉串、點心、肉包或關東煮都不會發出難聞的熟食氣味，但台灣的便利店常有股怪怪味道，夾雜着像陳年滷水八角味，反正不是新鮮的食物香味，聞得慣不慣就視乎你的味蕾怎樣。

日式關東煮其實是來自關西的美食，正確叫御田（おでん，Oden），是很大眾化的庶民料理，高湯的湯底很講究，各地做法不同，一般是用昆布或鰹魚做。在關東主要用濃醬油調味，湯色很深，關西則用淡醬油湯色較淡。在九州、沖繩會加雞肉及飛魚熬製，鮮湯香味較醇厚。京都對食材更講究，喜歡上等的口味，會加入青花魚乾以及海帶等去熬製鮮湯。各種食材泡在湯汁裡烹熬，不用沾醬已很入味，可見高湯才是Oden的靈魂，每種食材的煮法不同，從中便可見高低。

一般Oden的食材包羅萬有，每個地區都有其特色，因應各地口味差異，採用的調料甚至烹調方式都不同，食味也各自精彩，食材大致分成三大類型，一是天然的食物，如蘿蔔、豆腐、蒟蒻、雞蛋、高麗菜卷之類。光豆腐已千變萬化，油豆腐會加入一些毛豆或胡蘿蔔等蔬菜碎料。厚揚げ則是一般的厚片油炸豆腐。也有餅巾着（もち巾着）即麻糬福袋是一種將麻糬用豆皮包起來打結的食物，是炸豆腐配上厚厚的年糕，這是最好的組合。另一樣叫飛竜頭，即油豆腐丸子，把豆腐、山藥泥、紅蘿蔔、蓮藕、牛蒡等用麵粉與蛋混在一起炸成，原是葡萄牙人從中東帶到日本的食物，這類炸物盡吸收了煮汁的精華，吃起來特別鮮美。

其中有種食材是必備佳選，就是蒟蒻（Konnyaku），還有蒟蒻絲（白滝，Shirataki），是加工切成細絲狀的蒟蒻，外觀好像白色麵條，口感像食粉絲。這東西很有趣，經常在日本料理中出現，我嫌食之無味，蒟蒻本身沒有甚麼特別的味道，但口感卻Q彈，不管怎樣調味都合適。聽日本人說蒟蒻的妙處就是無味無道，也是由一種叫做「蒟蒻芋」的植物做出來。日本自古把它作為黑輪、味噌田樂、煮物等不可或缺的食材。沒甚麼營養，不過由於其熱量低，吃後易飽肚，所以被視為瘦身的保健食材，很受女士歡迎。蒟蒻早在八世紀平安時代，已是被當時的貴族拿來治療腸胃的高級食品，庶民根本沒機會接觸，一直要到約五百年後的江戶時代，老百姓才能享用蒟蒻。家兄營商，幾十年前已在內地開創農業，成立全國首個有機農場，都是種一些很特別的植物，供應給德國大藥廠，其中有銀杏和蒟蒻，用來做防衰老及減肥藥，所以我很早已知蒟蒻是減肥妙品。

其二是肉類海產類，如牛筋、牛肋肉、豬頸肉、松阪肉、雞肉魚肉各肉丸子、章魚等，甚至有馬肉馬筋、鯨魚肉鯨魚舌等，都可在個別居酒屋或專門店找到。其三是食品合成加工類，最常見是竹輪，像我們的魚片，很多用作火鍋料。傳統做法是將鱈魚、飛魚或金線魚的魚肉混入鹽、糖、澱粉、蛋白後塞入竹圈，再以火烤或蒸熟。竹輪有很多形狀，在關東煮中最常見是燒竹輪，帶點齒狀外圈，中空能吸附濃郁湯頭，特別好味和有嚼勁，現已不用傳統做法改用機器生產。另有筒狀的魚卷，日文念法跟竹輪有點像，但口感完全不同，比竹輪軟嫩。另一種像魚餅的鱈寶使用鮮度絕佳的鱈魚漿，經高速攪拌，加入蛋白後再經過發泡機混合攪拌而成，如棉花糖般口感，多呈四方塊狀。半片也是鱈寶一種，用白肉魚加工做成的三角形片狀魚漿，吸入湯汁後會膨脹，一口咬下去美味湯汁在口內爆發。

有種以魚漿為原料而製成的「魚板」或「魚糕」類食品，要用白肉魚而非赤身魚，將魚肉搗碎磨成糊狀後，放在冷杉或白檜等無氣味的木板上進行定型，然後經蒸或烤等工序製成。蒲鉾（かまぼこ，Kamaboko），又叫「鳴門卷」是其中一款，用魚做成薄片，中間染上粉紅色捲起來，四周用花刀削過，將這個魚卷切成片後好像一個個上面畫着紅色螺旋的齒輪形狀，很多時出現在日本拉麵中。魚板在搗碎磨成糊後才進行調味，糊狀魚肉中混合加入糖、鹽和蛋清並揉搓。其配方也有些許不同，現在也會添加百分之三至五的馬鈴薯澱粉，然後抹在無氣味的木板上定型，之後拿去水煮、蒸煮到熟，再置於無氣味的木板上或以容器成形。

關東煮的吃法也有不少差異，現代關東煮的吃法可說多元化，視乎各人各地口味任意發揮，所以各式各樣的辣醬、豆瓣醬、胡椒或不沾醬直接吃，可說各適其適，視乎各人口味。好像食乾炒牛河，稍懂的都同意配「余均益」是最美味，但我見有人竟配甜醬因嗜甜，這就無須討論。傳統關東煮大多會搭配黃芥末、柚子胡椒或醬油來食用，也有些地區會使用味噌沾醬。關東煮的沾醬是個學問，我覺得當搭配味道辛辣的紅辣椒或山葵，與配上芥末醬，美味高下立見，芥末醬能提引出口味清淡的關東煮食材之原始美味，是有不可思議的化學作用，效果像藥引的神效，當你在吃高麗菜肉卷，芥末特別能襯托出蔬菜的香甜，深信定能體驗到那種神奇的效果。

你看現代式的關東煮，特別在便利店，製作粗陋簡單，煮一鍋昆布高湯，接着將想吃的食材都下鍋烹煮即可，甚至有因應各地不同口味喜好，變成咖喱湯或麻辣湯底，好像不同的火鍋，完全違反了關東煮的原味。傳統日式關東煮會用大鍋慢慢細熬，除湯頭外，食材的處理方式和下鍋順序都不是亂來，像是白蘿蔔的厚度三公分左右最合適、烹煮時加入洗米水去除土味及苦澀味等，都顯現出一鍋濃郁的傳統關東煮湯頭有多麼講究。

香港關東煮的專門店很少，只去過銅鑼灣一間日本人開的小店叫「和家」，賣關西風味，用「本枯れ節」兩種鰹節熬成高湯，味道較清淡但頗鮮美不會蓋過食材原味，食材多從日本進口，都有廿多款，相較在日本的專賣店動輒有三、四十款少。基本的大路貨都有，總算不過不失但沒甚麼驚喜。要看關東煮真功夫最好食蘿蔔，他們先用滾水煮三個鐘再放入高湯煮足三小時，鮮甜無渣又飽索湯汁，不至於入口即化但亦證明冇花假。

至於一般的便利店貨色可免則免，不用難為自己胃口，改食車仔麵算了。要食始終要去日式食品店買原裝進口食材，會較原汁原味。見中環的Donki有個關東煮檔，偶然會買些「頂癮」，不過味道一般，與在日本專賣店吃是兩回事。關東煮看似簡單，實則充滿學問與日本飲食文化的底蘊。如有時間我覺得不如自己動手做更可靠，方便簡單，起碼找到好的食材和配料。不必學名店花八個小時去熬蘿蔔，但也懂找優質大根用洗米水洗過才慢慢烚到出味，即使不至融化也可甜到入心。做關東煮不難，但要做得好就不易，不如去買包來自福岡的百年老店「茅乃舍」的關東煮湯包，起碼用天然食材無添加化學調味料，再配上新鮮大根、高麗菜、豆腐、蒟蒻、雞蛋等，要不要再加些味噌就悉隨尊便，但出來的味道反而更靠譜。

福袋年糕

燒竹輪

浪跡南北的滋味

Co-ordination / Eddie So, Chowchow

Photography / Aron fotografie system / Ariom Leung

Art direction & Personal belongings / William Szeto

哈尔滨市第一百货商店

貴族末路的哀歌

大約在八十年代末我首次踏足哈爾濱，當時已逐漸開放，但八十年代看深圳，九十年代看浦東，相對之下東北仍頗落後，哈爾濱已算是東北較先進的城市，由於靠近俄羅斯，有很多邊境貿易，我最初去哈爾濱也是公幹，因當地一間國企與俄羅斯進行以貨易貨的交易，俄方需要牛仔褲，我們就這樣被找上供貨，同時被中方大力遊說在東北設立銷售網，更因此要在哈爾濱成立辦事處，客戶更被邀在新商廈買了層大單位，準備大展拳腳，我受命協助這任務，就此踏上東北之途。當時我對哈爾濱是零認識，只知嚴寒可以達零下幾十度，是我不能想像，只在起行前被勸要穿多幾條厚褲，否則隨時會變成冰條。

我們預先請了幾位員工，都是剛大學畢業的優才生，其中一位小妹妹甫見面便很雀躍地告訴我：「司徒先生，歡迎你來哈爾濱，這是東方小巴黎，我們都很敢穿啊！」這句歡迎話我一直記到今天，我以為哈爾濱是東方莫斯科，原來她們覺得是東方小巴黎，這感覺真好，還有哈爾濱女郎很喜歡穿衣扮靚，怪不得很多去了做模特兒。哈爾濱的城市建築風格深受俄風影響，早期俄羅斯及東歐、猶太人等移民帶來的各類型歐式建築遍佈各處，俄式的餐廳小食也處處可見，兩地交往頻繁，我到一些食肆都見有俄女做服務員，鶯歌燕舞之地更不在話下，但看來看去，不明東方小巴黎從何扯上關係。不過我聽過有人描述巴黎的香榭麗舍大道是如何繁華衣香鬢影，而哈爾濱人是想像不到，但只要你說就像這處的中央大街，人人即讚嘆，原來是如此漂亮。

我被安排入住一間位處中央大街的城中最具歷史的豪華酒店馬迭爾賓館（Harbin Modern Hotel），當時尚未有五星級酒店，有幸被接待住貴賓套房，已算奢華享受，尤其到處充滿着俄式情調，令人有異國情懷。「馬迭爾」是俄文「модерн」的音譯，也即英文「Modern」摩登現代之意，這名字很直截了當。在哈爾濱，「馬迭爾」這個名字就如「秋林商行」一樣，都是充滿着異國情調的百年老字號。就像我們說起「半島」和「渣甸」，已代表了一段時空歷史，馬迭爾建於一九〇六年，集住宿、餐飲、娛樂於一體。遠在一九三一年出版的《哈爾濱指南》中俄文版廣告中已寫着「馬迭爾旅館擁有最豪華的舞廳及餐廳，最現代、最舒適的客房。」可見其歷史地位。

馬迭爾賓館像個歷盡滄桑的艷婦，曾經富麗堂皇，門庭若市車水馬龍，後多番被破壞，隨着社會變遷，曾先後易名六次，每次改名背後，都蘊含着深刻的政治背景和經濟內容。賓館位於市道里區中央大街，是中心的中心，當時賓館富麗堂皇，出入是身份象徵，馬迭爾在俄語裡就有現代時髦的意思。一九三四年曾遭日偽軍隊殘酷破壞，開始衰敗。一九四六年，哈爾濱解放後，馬迭爾被改為中央東北局招待處，隨後幾易其名，至一九八七年才恢復馬迭爾原名，現更被列為全國重點文物保護單位。

我在香港常吃的俄國菜，已是變調自成一格的港式俄國餐，由ABC、雄雞到車厘哥夫到皇后餐廳，已從小吃到大，早習慣那改良後的口味，但我仍好奇到底正宗羅宋湯是甚麼味道。所以我到哈爾濱就很有興趣去沾下那道俄國味道，試試正宗的羅宋湯俄式沙律之類到底是甚麼回事。我在馬迭爾的俄國餐館吃了多餐，也在附近的俄式餐館覓食，可惜跟我吃過的頗有段距離，可能是食材，但廚藝也差太遠。哈爾濱跟俄羅斯同是食肉獸，所以烤肉串和紅燴牛肉都少不了。烤肉串（Shashlik）源自土耳其的炭火烤肉，香嫩多汁，十八世紀中葉傳入俄國。烤肉串可以是羊肉、牛肉或雞肉，東北人跟俄人都喜大口吃肉的。布利尼薄餅（Blini）是俄羅斯特色的薄煎餅，是塊小班戟，原本最佳配魚子醬，在這多作甜點配香蕉朱古力醬。反而最受歡迎是餃子（Pelmeni），俄羅斯食餃子很普遍，正好迎合東北人口味，餃子通常非菜即肉，有各種肉類，都是小小顆但內餡都非常扎實，花樣不多以量取勝，閒閒地食一大盤。但整體來說，菜式和味道都乏善可陳，可能在香港已慣嘴刁了。

東北菜特色是吃得豪爽，要吃得過癮，吃到七情上面熱情洋溢，據聞哈爾濱人對美食追求從未停止，但都是粗枝大葉，我以前吃這麼多餐，都是大魚大肉，很多我都不知是在吃甚麼菜式，都像大塊大塊的亂燉在一起，很多分量很大，味道濃重，東北菜餚看起來較粗糙。印象較深刻是當地客戶招呼次次飲宴都是場面盛大，又歌又舞他們很豪情又酒量大，整桌的佳餚起碼疊上四、五層，隨時上二、三十碟，以當時的風氣這才夠體面夠派頭。菜餚大部分是陌生，很多餐有野味甚至有熊掌虎肉，我聽到已想流鼻血，有次硬要我試一道極珍貴的異獸野味叫「四不像」，我還以為是傳說，原來果有此物，他們還給我看照片，基於好奇心我淺嚐幾口，實在吃不下去。參加他們的「盛宴」我視之為畏途，首先我沒這酒量豪飲，也欠這種豪情，每次我總找個藉口禮貌告退。

公道點說，任何落後地方都會隨着時代進步而改變，像以前的日本韓國也是甚麼都難以入口，但時至今天已有很大改進，日本更成為舉世美食之都。哈爾濱現在已遍佈五星級酒店，相信美食也陸續會出現。好像我以前食熊掌覺得很殘忍，現已改成賽熊掌，這熊掌並非真熊掌，而是由豬皮、豬手、鮑魚和高湯等多種食材一起燒製而成的菜餚，可能像佛跳牆，聞說味道都不錯，因用料豐富兼烹飪需時，價錢不便宜也只在高檔食肆才可吃到。

從馬迭爾賓館行出去便是著名的中央大街，就是被稱本地的香榭麗舍大道，到處都可見到俄式建築，這條大街集合了幾個世紀的精華，有十六世紀的文藝復興式建築，十七世紀巴洛克建築，到十九世紀新藝術運動建築，在一公里內就有七十一棟歐式建築物，這些建築是西方建築藝術的精華，每個細節都值得細心欣賞。這街道散佈着各類食肆和小店，處處散發出濃厚的俄式情調。彷彿看到當年那些走投無路的沙皇貴族，帶着大小家當，投靠這城市，也幫助建設了這城市，他們已成為一體，將寶庫隱藏在中央大街地下，過了百年還是那樣充滿異彩，成為哈爾濱一道亮麗的風景線。

中央大街上最奇特是那滿地的石頭，並非一般的石塊，而是用長十八厘米、寬十厘米、形狀好像長方形麵包的花崗岩石塊砌建而成，他們叫麵包石。想出這設計的是俄國工程師科姆特拉蕭克，在一九二四年為這條大街鋪上這種花崗石，每一塊長條形的花崗石都是用豎插入地下的方式鑲嵌，嵌入地下一米之深，據說這些花崗石磚至少要不斷被路人行多二百年才被磨平。花崗岩極昂貴，每塊磚石要一個大洋，在二十年代，一塊大洋足夠一個普通人吃上一個月，所以這條路真可以被稱為鋪滿黃金的街道。這些建築是融合西方建築藝術的精華，稱中央大街為一條建築的藝術長廊也不為過。

俄國在一九一七年爆發「十月革命」，大量俄國貴族紛紛逃難湧進哈爾濱，他們在那裡建街道、教堂、飯店，直到把哈爾濱建成了個東方的莫斯科，一個原本土氣橫秋的地方，忽然成為時尚之地，所以馬迭爾叫 Modern 也有其意思。可惜好景不常，到一九四五年的秋天，蘇聯軍隊開進哈爾濱，將這裡的俄國人用火車強運回蘇聯，另有蘇軍人在哈爾濱郊區大規模處決沙皇貴族，只在短短三個月，哈爾濱的俄國人就這樣地被消失了，仿佛從沒出現過這漂亮的城市。時至今天，哈爾濱已到處高樓大廈，五星酒店已取代了各種豪華式享受，但取代不到的，是昨日沙皇貴族所遺留下的俄國情調。

這悲情故事是不是像某些消失中的殖民地風情，一座一座優美的建築物，一點一滴的失去，就像人的審美眼光也日漸消失。當你不去珍惜，好好的保育這些有價值的原品，寧願荒廢、棄置或毀掉，之後又要做大批仿古不倫不類的A貨去濫竽充數，你以為可以取而代之？這有如吃一塊霜降A5和一嚿人造扒的分別。這條美麗中央大街，記錄的就是前流亡沙皇貴族所留下最後的故事，在這處有個不成文的傳統，喜歡在嚴寒中，買根馬迭爾冰條，與心愛的人，在麵包石上漫步，仿佛在穿越哈爾濱百年的時光隧道，嘴裡叼着冰條，踩着黃金之路，就像昔日的沙皇貴族，踩着的是浪漫之路，在哈爾濱，其實仍隱約看到，是一幅在慢慢褪色的貴族末日風情畫。

馬迭爾賓館

臨潼兵馬俑

被遺忘了的臨潼

最近應邀往西安談個項目，可能要策劃一個自然生態谷，面積大得令人咋舌，第一期已有五千多畝地，總面積據說有萬多畝。初聽到我都無從想像，友人告知一畝地是六百六十七平方米，大約有三個網球場的面積，維園中央那片大草地約二十畝，那大家不妨推算規模。通常這麼大的項目，只會當是天方夜譚，聽到也只一笑置之。但我老友像煞有介事，他為了這項目，前後已花了不少時間和金錢，一直在周旋中，在三個月前他已遊說我參與這偉大的項目，前往了解整件事，類似這樣的大白象無米粥，自開放後聽過無數次，我已很難心動。這次基於好奇心，倒想實地考察見識，安排好行程，才知原來是去西安臨潼和當地相關要員會議，互相交流提些意見。

我在這處如果跟人講「臨潼」，十居其九會不明我在講甚麼，更不知臨潼在哪處，但當我說「兵馬俑」，就不約而同說，那是在西安，這只講對一半，兵馬俑不錯在西安，但更準確說是在臨潼。臨潼在先秦時叫「櫟陽」，是秦國遷都咸陽前的首都。後改稱「臨潼縣」，曾歸渭南地區，後才劃歸西安市，一九九八年撤縣設區，是西安市一個市轄區，在最東邊的區，位於渭河平原中部，距離西安市中心二十六公里。外來人來參觀兵馬俑，多從西安市中心過來，看完便返回市中心遊玩，不會在臨潼停留，所以基本上沒甚麼旅遊業，繁榮全歸西安，可能因此斯人獨憔悴。

為配合城鄉新發展，這次有機會就來上了一課，很驚訝其歷史文化資源原來是如此得天獨厚，竟一直被埋沒。臨潼是個不簡單的地方，不單是天下有名之兵馬俑所在地，還有項羽劉邦的「鴻門宴」，又有楊貴妃出浴的「華清池」，溫泉後面是驪山，山上有烽火台，周幽王為博美人褒姒一笑，不惜烽火戲諸侯，就是此處，隨便一數，已經充滿無數的歷史烙印，如果不來就會錯過考察機會，所以還是值得再去認識臨潼。

我最初被邀參與這項目企劃以為是一般性的旅遊發展之類，萬料不到其中一個重點竟與農作業扯上關係，這農作物獨沽一味是種植石榴。石榴我偶然有食，不算普遍且價錢比一般水果貴，英文叫 Pomegranate，意思是「多籽的蘋果」，這倒沒錯，頗大個石榴，切開是一窩的籽，吃起來挺麻煩，酸多過甜，滿口籽粒也不知該吞或該吐。但石榴混身是寶，根、花、果皮皆可入藥。其果皮中含有蘋果酸、鞣質、生物鹼等成分。最重要是神奇的保健功能，被稱為蔬果中的「抗氧化之王」，石榴汁具備的抗氧化能量遠超過紅酒、綠茶和其他果汁，被視為

「超級生果」，據說可防心臟病及預防前列腺癌等。土耳其人還將石榴、橄欖與無花果並稱為「天堂水果」，中東國家更是石榴的食用大國，不管是果汁、糕餅到雪糕甜點，都喜歡加入料理。我則有興趣將之入餚，聽說伊朗有道名菜「石榴燉鴨」，就是利用石榴的酸甜去降低鴨肉的油膩，我倒有興趣一試。

臨潼石榴是陝西一大特產，集全國石榴之優，果大皮薄色澤艷麗，汁多味甜核軟渣少，品質優良被視為果中珍品，以前一直是皇帝的貢品。臨潼石榴主要分佈於驪山北麓，在華清池兩側和秦皇陵一帶，東起馬額，經代王，秦陵，驪山，西到斜口，是全國最大的石榴基地，有長達十里的石榴林。此番我們談的項目發展，石榴優化工程便成首要任務，事實石榴還有很大的發展空間，由釀酒做飲料，到做化粧品保健品，幾乎無所不能。

西安和開羅、雅典、羅馬並列為「世界四大古都」，也是聯合國教科文組織最早確立的世界歷史名城之一，古稱「長安」，是十三個朝代的古都。秦、漢、唐等盛世，都建都於此，是中國歷史上建都朝代最多，時間最長，影響力最大的城都，有如此深厚歷史背景當然值得來朝聖。上次去看兵馬俑已印象模糊，依稀記得初期仍頗粗糙簡陋，但似乎可見到的東西反比現在多，聽說出於保存免氧化損壞，現大部分已再被收藏免曝光，故在俑坑所見，很多位置都蓋起來，更傳聞有些以A品替代，我等小輩當然不得而知真相。

提起西安，很多人會立即浮現兵馬俑，兩者已成為一體，就像到巴黎要去鐵塔，去北京就去故宮，到西安如不去兵馬俑就等如白去一趟。其實秦始皇陵及兵馬俑並不在西安市區，而是在其東面距離約三十公里的臨潼區。要仔細看看得花上整天時間，我首次去見識兵馬俑是八十年代初，據聞在一九七四年陝西大旱災期間，臨潼縣村民在挖井打水時才意外發現兵馬俑碎片，繼而展開考古及各項發掘工作，至一九七九年秦始皇兵馬俑博物館才正式開始公開展出，立即揚名世界。

兵馬俑的陣仗究竟有多大，且看看歷史就有個概念，秦始皇陵建於公元前二四六年至二〇八年，歷時三十九年，動用了七十萬人去建設，是中國歷史上秦朝皇帝秦始皇的陵墓，也是中國第一個規模宏大、佈局講究且保存完整的帝王陵寢。據考古學家探測，秦始皇當年共埋了近八千個兵俑，還有戰車、馬及兵器等，但目前實際出土的僅有一千多個兵俑，主要都在一號坑，多為低階兵種，二號坑則挖掘出較多兵種，包括騎兵俑、步兵俑、跪射俑、立射俑以及將軍俑等，三號坑挖出的則多是高級將領，推測應是指揮部，現我們見到的，才不過是冰山的一角。

不管如何，這始終被譽為「世界第八大奇蹟」，二十世紀最重要的考古發現，是人類的文化遺產，各國元首到來例必指定要看兵馬俑，我認為是古蹟首選不應錯過，此次重臨，意外地發覺整個景點的規劃很好，周邊的環境配套設施等，都井井有條，步入俑坑前一段公園路都修葺簡潔工整，沒有一般大紅大綠的「娘雞味」，行這段路在微寒雨絲中雖然感到有點肅殺，但氣氛倒合襯兵馬俑的味道。據聞一直有個爭議，究竟這是否個活人俑？在秦始皇兵馬俑出土之後，考古學家驚奇地發現，在幾千個兵馬俑中竟然沒有一張完全相同的臉孔，如果不是活人俑，那兵馬俑又怎麼解釋呢？

秦始皇兵馬俑博物館

臨潼的特產石榴

老潼關肉夾饃

羊肉泡饃

星月泡饃香

幾位為食朋友知我最近去過西安，問我吃了啥？他們都說應該沒甚麼好吃，必須承認真的沒甚麼特別驚喜，我去的時間不多，留的時間也不長，感覺上大概不外如是，主因事忙沒閒情去覓食。在酒店吃的都是例牌樣板菜，說不上美味，只是吃個地方。反而在外吃了幾頓較像樣的農家菜，雖然只是粗菜，口感普通也沒甚麼廚藝，不過味道尚可以，反而見到大街小巷的街頭小食檔很熱鬧。

西安是歷代古都，但究竟是幾朝古都？這爭論了大半世紀，由九朝到最後敲定為十三朝古都，是中國歷史上建都時間最長的城市。由於連接西北和關中，漢回兩族混雜，飲食文化特別有西北和關中的特色。西安背靠秦嶺、北依黃河，得天獨厚的自然環境孕育出獨一無二的物產資源，文化底蘊又如此深厚。我去看秦俑，見到兵馬的龐大陣容，確有些震撼感，仿佛見到歷史的洪流在滾動。陝西菜又稱「秦菜」，在數千年的歷史發展中形成了濃郁的飲食文化，理應是中國重要的地域菜。但很奇怪，在博大精深的中華美食中，有所謂八大菜系，當中有川菜、湘菜、粵菜、閩菜、蘇菜、浙菜、徽菜和魯菜，是最具代表性的地方風味的菜系，而竟然缺了陝菜，難怪有人說是當地人難言之痛。

西安到處可見到回民街及清真食肆，食物有另一番風味。西安的飲食種類雖不至於乏善可陳，但其實頗單調，一般接觸都是些類似街頭小食類的食物，所以見來見去在大街小巷都不外乎各種肉夾饃燒餅、涼皮麵條、餃子包子、羊牛肉泡饃等等。招呼我們的人都說，沒甚麼很像樣的大菜，如海產類已免提，位處內陸地區哪來像樣的海鮮，豬肉也很敏感，較像樣的大概只有羊肉。

因曾是歷朝古都，所以也出很多所謂宮庭菜，西安有些標榜賣宮庭菜的豪店，每道菜餚都有先聲奪人的菜名，未食先「嚇瓜」你，對這些尊貴的「皇帝御膳」，不外乎吃個歷史，過過侯門相府的貴族癮，我太卑微承受不來。另一些土豪店賣門面多過賣美食，其中一間據說是城中最昂貴的土豪餐廳，人均消費最少每位二千多人仔起，看了張照片是一道前菜，像面盆般大的頭盤，堆滿碎冰，放了幾嚿壽司，類似加州卷太卷及幾片三文魚，伴上幾朵花煞有介事，這樣的刺身壽司，這樣的水平，騙騙土豪開心就可以，相信日本人見了會昏倒。

在此覓食宜用另類心態去品嚐，舌尖才有感覺。我每到異地，總喜歡逛市場市集，街頭小巷看民生風情，喜歡探索形形色色的街頭小食，甚麼都想試但未必敢入口，主要視乎環境及衛生情況。可能以前我長年在外跑地方，領着大班團隊拍攝，不想肚出亂子，故習慣不會胡亂入口，飲杯水都要很小心，我多自備瓶裝水，外來食品即使美味我都怕出事不敢領教。

西安的飲食特色是以西北風味為主，小吃的種類繁多，口味特色也各不相同。陝西人最喜歡來個「三秦套餐」，泛指「肉夾饃」、「涼皮」和「冰峰」三結合，他們認為是美味中的美味，為最理想配搭。說穿了，就像老外食漢堡包配意粉加可樂，「肉夾饃」即將肉夾於饃中，像個中式漢堡，「涼皮」即粉麵類，種類繁多，做法各具特色，口味也不盡相同。製作方法上可大體分為蒸麵皮、擀麵皮和烙麵皮等，至於「冰峰」即是汽水，西安人都飲冰峰當可樂，像香港從前的綠寶橙汁。

肉夾饃可算是西安最著名的地道小吃，西安的肉夾饃和外地的肉夾饃不一樣，饃脆肉香，不僅味道好，而且夠分量。肉一定是臘汁肉，饃必須是白吉餅饃，肉肥瘦混合適中要切碎。夾到饃裡頭再加點肉汁，咬一口肉酥饃脆，口感不錯，他們說肥肉不膩口，瘦肉不柴油。其中又以老潼關肉夾饃最出名，原名叫燒餅夾饃，源於初唐，老潼關肉夾饃與其他肉夾饃的區別主要在於燒餅不同。這燒餅製作方法獨特，用精製麵粉加溫水、鹼麵和豬油攪拌，和成麵糰，搓捲成餅，在特別的烤爐內烤製，餅烤至泛黃時取出。剛出爐的燒餅裡邊是一層層，皮薄鬆脆，像油酥餅，就因加了豬油才層層酥脆，裡面薄如蟬翼，熱騰騰咬一口，掉渣燙嘴口感豐富，但因為有豬油回民不會吃，那天我老實不客氣，就獨自幹掉三個，味道很好。

西安的泡饃種類也很多，最出名叫「兩泡」，指的便是牛羊肉泡饃和葫蘆頭泡饃，泡饃已成西安人生活中不可或缺的美食，尤其回民，特愛羊肉泡饃，饃一定要是「死麵饃」，正宗的要親自用手掰成小塊小塊，才放羊肉高湯，吃時配一疊特製的糖蒜，口感更好。很多人說西安是一個碳水城市，一天三餐，總有一餐是羊肉泡饃，看來羊肉泡饃是最能代表西安碳水文化的一道美食。

地頭蟲要帶我去試一間當地名氣店專食羊肉泡饃，叫「一間星月樓」，名字很特別，原來頗有來頭，是間標榜有故事、有情懷、有品質的羊肉泡饃館。地方和菜式都很簡單，主要賣水盆羊肉、牛羊肉泡饃、牛羊肉小炒和燴菜，另有幾款涼拌菜如五香花生、熗蓮菜、涼拌西蘭花、西芹拌腐竹、涼拌黃瓜、泡菜。菜式不多，通常一碗熱泡饃配一盤小涼菜，他們說一冷一熱爽口消膩才是好配搭。與別的泡饃不同，飥飥饃要全熟，牛肉是秦川牛肉，湯用盆骨和腿骨熬成，大煮十小時，下肉十二小時，二十四小時都在煮湯，調料是最貴，他們認為便宜買不到好料。泡饃的湯要越新鮮越好，每天要新煮，調料不算多，羊肉用蘭州的灘羊，掌控火候最重要，大小要適中和精準，一定要把骨頭的香味和肉香味煮出來，才能湯香四溢，煮到肉爛入口即融化。

不過吃這碗泡饃原來很花時間，簡直在考驗你的耐性。西安人說掰饃花兩小時，煮饃五分鐘，意思是態度要認真，掰饃很重要，一定要把饃掰得一整碗大小一致，看上去像珍珠一樣，否則泡饃師傅會送你異樣的眼神，甚至店小二要你重新再掰一次。每位客先送上一個大碗和一塊如手掌大小的饃，大約是牛肉餡餅的厚度，拿上手頗有分量和蠻扎實，我見每檯人客都在聚精會神掰饃，要掰出像黃豆般大小，還要很整齊劃一，他們說，光看掰出來的饃大小，已知是否地道本地人，像我們這些笨手笨腳的人，不花心機就肯定難看死。

想不到小小一塊饃，要掰出黃豆大小，熟手都要花十五分鐘，動作慢半小時是少不了，由於每人掰的饃大小都不一樣，要一碗一碗去煮，每碗給你一個號碼牌識別，另一個同號的夾子夾在那碗饃上面，以確保那碗是你專屬，如果趕時間或沒耐性就最好吃別的，我顯然屬於後者，有興趣吃但沒興趣做，掰好饃之後還要拿給製作羊肉泡饃的師傅，大火烹煮，放入粉條、羊肉湯、羊肉，還有一整碗剛掰好的饃，生意好的時候得一碗一碗的等，由於每人掰的饃大小不一樣，所花的時間也不一樣，手腳慢等半天都未能夠入口，可能未食已餓死了。

相關資訊：

「一間星月樓」

地址 / 西安市蓮湖區許士廟街 133 號

電話 / +86 133-2453-3117

老潼关肉夹馍
凉皮 擀面皮 米线

麗江古城

我的異族情緣

回想年輕時相交的朋友，尤其女朋友，竟然大部分是異族，可能我曾在不同的地方生活，見「鬼」多過見人，有時我想起，倒像個小小聯合國。我對異族有分外感情，特別是那些少數民族，一般都是較淳樸善良和真情，絕對沒有城市人的奸詐狡猾、心計和虛偽，我樂於交往，警戒線也會自然放鬆。一位納西族的朋友小和，在麗江土生土長，大學畢業後一直在麗江做生意，也參與很多古城建設，叫做有點成績，他找我商量一些項目，希望我能去麗江實地考察，因我有工作在身不能久留，結果幾天下來，由早到晚的時間排得超密，豐富得難以喘氣。依稀記得我上次去麗江已是三十年前的事，那年代甚麼都落後殘破不堪，今天自然另一番面目。

聯合國教科文組織早於一九九七年已將麗江古城列入《世界遺產名錄》。被納入世遺保護範圍的除大研古鎮外，尚包括白沙、束河等兩處民居建築群。麗江古城始建於宋末元初，至今已有八百多年歷史，自古已是茶馬古道必經之地，昔日馬幫隨着馬鍋頭艱辛運茶，那些石塊路已被磨到光滑發亮。到麗江若不行古城實在枉此一行，今天的古城已規劃得不錯，小橋流水古道依然，每個店鋪都似模似樣，遊人不絕難免會有些過度商業化，但起碼仍整齊清潔。小和特別安排我住間寬敞舒適的四合院式民宿，房間有點像嵩里。可能這不是旺季，在古城散步竟很閒逸舒服，還以為去了京都。古城的建築很有特色，大部分是明清格局，「三坊一照壁，四合五天井，走馬轉角樓」式的瓦屋樓房鱗次櫛比處處皆見，被譽為「民居博物館」。麗江若用一字去形容是「Hea」的樂園，尤其身處古城，不Hea幾難，你到處都感到「閒」的氣息，從天氣、節奏、小店及人文中，無一不蘊含着「慵懶」的氛圍，碰口碰面的人都很悠閒，像不用幹活。

麗江位於高海拔，空氣分外清新，泉水從冰山流下分成幾條水道，滾滾流下，他們要我嚐了口清涼泉水，果然有點清甜，令我想起京都的地下水，也是有名的古泉。我很喜歡逛京都錦市場因小店林立，隨意周街食非常寫意，而麗江古城某程度上有點相似，只是規模較大和沒有京都那種優雅感。古城有店鋪五千多間聽聞光是各種民宿已上千，如有時間作深度遊，該不乏驚喜。有間老劇院演出納西古樂，曾經相當火紅，二百多座位晚晚座無虛席，被稱為「麗江鬼才」的主持人宣科先生，是納西族的重要人物，一九三〇年生，藏裔納西族，雲南省麗江人。他一生傳奇，坐過二十一年牢四十九歲出冊才投身納西古樂，他年幼時保姆是德國人，從少講一口流俐英文，還有個洋名叫「Peter」，樂團全用老人演出，曾接待過不少領導和外國政要至皇親國戚。金庸送他題書：「先聞山坡羊，再聆浪淘沙，唐宋古曲入夢，既晤李後主，又揖唐玄宗，連夕魂夢與君同。」彭定康夫人也很喜歡納西古樂，回歸前她特邀宣科到總督府演出，據聞聽眾都是顯貴要人。惜今天宣科已九十多歲，垂垂老矣後繼無人，團員很多歸天，我八卦問昨晚劇院只得寥寥十數人往觀看場面冷落。

納西族是少數民族，相對於藏族千萬人，納西族只得三十多萬人，多住在麗江，但有自己的言語和獨特文化，他們崇尚天地合一，和諧共處是信仰，所以族人以「和」為大姓，玉龍雪山是他們的神山，有個活泉龍頭，泉水由冰山而下分成三川，入城後又分成無數支流，穿街繞巷，流布全城，形成了「家家門前繞水流，戶戶屋後垂楊柳」的景象。玉龍雪山南北長三十五公里，東西寬十三公里，共有十三峰，主峰海拔五千五百九十六米，在古城很多地方都可遙望雪山，那天我們特挑了間咖啡店在屋頂看雪山飲海鹽焦糖咖啡。雪山目前仍未見大積雪，次天原想登山惜天氣轉壞封了路半途而廢，改冒雨去看張藝謀執導的《印象・麗江》，表演以玉龍雪山為自然背景，納西民族文化為主題，用五百多個原住民為演員演出，劇場位於海拔三千零五十米，是世上最高的實景演出場地，場面要大，適合張大導的個性，但當看過舉世這麼多的大製作這還算甚麼？

久別重臨，天仍是那麼藍，雲仍那麼白，我只得幾天時間，要匆匆消化這麼多東西，着實吃不消，不過感覺還是挺好的，尤其我發現原來藏着這麼多底蘊，要花點時間去抽絲剝繭。這處有清新的空氣，潔淨的泉水，友善的坊眾，我問小和這地方安全嗎？要知內地陷阱處處，隨時會中地雷，他笑說這大概是全國最安全的地方，那麼該是片福地，這處好像沒有時間，沒有節奏，是個適合慢活的地方，我應該回來再細心觀察，再好好把脈，假如心中還有個烏托邦，這可能是個理想的樂土！

很多謝小和對我的 VIP 熱情接待及豪情獻歌，他歌喉不錯，使我一剎那像返回到遠古年代，更難得這幾天給我上了東巴文化一課，對我來說確機會難逢，竟接觸到連做夢也想不到的異族文化，還有那些久遠得像兒童畫的象形文字，在人生的尾班車遇上新景象，不禁自問，這是否天意？

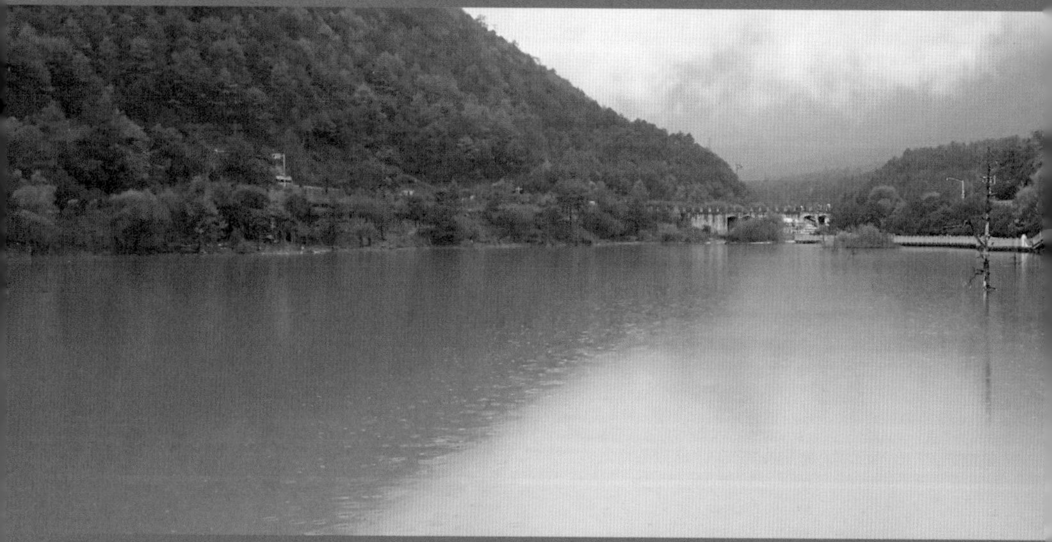

天然泉水

納西古樂劇院

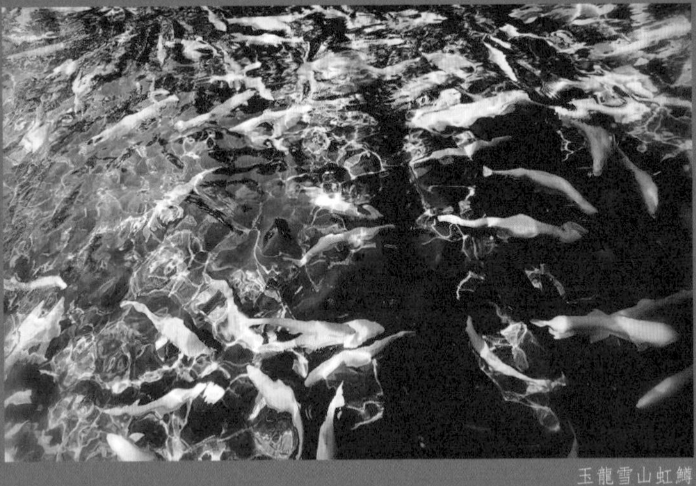

玉龍雪山虹鱒

舌尖上的麗江

雲南是否美食天堂我很有保留，只可說仍待發掘，但無可否認得天獨厚，天然食材豐富，如配上出色廚藝就隨時跳出舌尖，難保有天會大放異彩。我記得早年去日本時，總覺得東西很難食，選擇很少乏善可陳甚麼都難以入口，料不到短短幾十年，今天已成為全球擁有最多米芝蓮星星的地方，除經濟實力外，還有種叫「職人精神」。一般廚師做菜以為做得越多越好，但日廚往往只專注獨門手藝，壽司之神不會替你去煎蛋的。

到雲南當然少不免要吃野生菌，接待的小和真周到，甫下機他已安排好去吃全菌餐。在此吃野生菌也講究時間，五至十月最合適，最好是六、七、八三個月，因這期間是雨季，野菇最當造，除了這幾個月，就只有冰鮮貨和乾貨，口感與香味都差遠矣。雲南的野菇菌馳名中外，日本早已大量採購松茸，他們當地出產賣價超貴，吃個土瓶蒸，只得寥寥幾片，到喉不到肺。野生菇菌不宜種植，多與樹木共生，最愛躲藏在枯木下，海拔平均在兩千米以上，空氣潔淨加上氣候和暖濕潤，四處是未經污染的山林，是長野生菇菌的理想地方。雲南可找到數以百種的食用菇菌，種類繁多甚麼羊肚菌、牛肝菌、雞樅菌、老人頭、松茸甚至黑松露都有，當然松茸不如日本，松露也不如意大利。

想起在日本吃個土瓶蒸通常只放三兩片，還切到很薄，大概只能用作吊味。當我看到眼前一大盤松茸，有點不知所措，但吃得痛快，每人有個小火鍋，可燙可作蘸山葵醬油當「刺身」吃，味道也不錯。松茸「刺身」的做法適合食材原教旨主義信徒，他們認為當造的鮮切松茸片蘸醬油才體現出松茸的清香鮮甜本味，據說松茸現摘三天內不吃便失其鮮，燉湯的鮮美流於調和作用反而會失真。而我則任意處理，反正有一大盤，既有燉湯又有煎，又可火焗又可鮮吃，我都不客氣大小通吃。這頓野菌餐吃了十多廿種菌，都有不同煮法，其中初嚐一種名貴的乾巴菌，當地人視若珍寶，價格比松茸高，香味有點似醃牛肉乾，而醃牛肉乾在雲南又叫乾巴故得名乾巴菌。乾巴菌沒菌蓋菌褶，食用時需一絲絲撕開，除去皺褶處的雜草細沙很費時費力，聽聞有味叫「乾巴菌牛肉海膽炒飯」，很有特色我倒想試試。也曾嚐過炸雞樅菌，弄碎後配牛肉米線，異常香甜美味。

我去附近市場，一探地道的小食，都不外乎串串燒肉之類的食物，較特別是有很多昆蟲。想起來真奇怪，到過很多市集攤檔，似乎炸昆蟲已成了例牌小食，可能這裡昆蟲太多，也可能真的習慣吃。此處較特別是很多炸蜻蜓，原來油炸水蜻蜓是麗江的特色小吃，這道菜以前在

玉龍雪山

納西畫像

茶馬古道的幫派中非常流行。水蜻蜓是從水裡撈出來的蜻蜓幼蟲，頭和蜻蜓成蟲差不多大小，但沒翅膀，做法是以高溫油炸，將洗淨的水蜻蜓炸至金黃，再撒鹽和辣椒調味。他們說口感香脆很好味，鮮香滲於唇齒間歷久不散，不過看到水蜻蜓一排排橫陳盤中，可能賣相欠佳，我則有點兒倒胃口沒興趣試。

反而丹麥 Noma 主廚 Rene Redzepi 那著名的鮮螞蟻菜式就很想試，記得幾年前 Noma 在東京文華酒店便介紹他的得意「特別」菜式螞蟻牡丹蝦刺身，美食評論家吃後，都大讚是人間美味，螞蟻所含有的天然蟻酸配合甜美的蝦肉，起到「畫龍點睛」的作用。無庸置疑，能想到把螞蟻放在生蝦上，確很有創意，是很大膽的嘗試，但想到把一樣生的食材放在另一樣生的食材上並不足夠，怎樣成為美味才重要，螞蟻能成功將之入餚，成為 Noma 的一塊活招牌，是他們找到這螞蟻吃起來酸酸澀澀，與柑橘類的酸不同，但與生蝦擠上檸檬有異曲同工之妙。當他們在東京文華擺下「招牌宴」時，為了這道菜，預先要到處找合適的蟻酸，終於找到長野縣一種野生螞蟻，合適撒在生鮮的牡丹蝦上，才匹配出獨特的美味，可見昆蟲並非亂食，都需要有珍味做基礎。

次天遊玉龍雪山，很驚訝小和說要帶我去食三文魚，搞清楚原來是虹鱒才對，我曾拍過三文魚廣告做過功課，很清楚是兩種不同魚類，一鹹水一淡水，最多只算是遠親，兩者都易帶菌生蟲要慎吃刺身。這個養虹鱒基地在雪山龍泉出口，聲稱全自然環境，乾淨零污染，以細魚磨成的魚粉為飼料，沒用蝦紅素之類的化學品，較令人安心，據說虹鱒特別肥美，特鮮造一條大虹鱒一式三味，頭骨煲湯，酥炸魚皮，切片刺身，生食淡水魚通常我敬謝，盛意下淺嚐幾片，肉質較實和煙韌，不像三文魚的綿糯口感。

最後一晚帶我到一家百年老店吃地道的納西菜，大宅內有幾個房子庭院，其中一房竟上三百年歷史，這家族的老婆婆已百多歲，仍甚健康，我吃飯那房還掛着她的畫像，這晚很熱鬧，家族幾人輪流為我獻唱納西歌，老闆更送我幅親筆題寫的納西象形文字，更替我披上羊皮拍照留念，我笑說真像披上羊皮的狼，那晚我轉喝一壺燙熱的紅糖海棠果，有點像山楂酸酸甜甜，比白酒更好喝。

離開時，小和特別着人遠道上山取來兩大包古樹普洱茶，分大葉小葉，屬不同的古樹品種，遠在深山全自然生態，並非市面的A貨。我語重心長有感而發，幸好此處沒發展工業，也不見大興土木狂建高樓大廈，看來真是片福地，不光景色秀麗，仍有濃厚的大自然氣息，更有豐富資源，還有這麼多珍貴原始的東西，所以，千萬別讓她被污染！

麗江古城

納西菜

酥炸虹鱒魚皮

南崑山

北迴歸線上的綠洲

賣腦界有個名堂叫「腦震盪」，腦既然要震盪，就需要有個好環境，環境視乎「筆直」（Budget），當然筆直也要看性質，如果性質重要而筆直又夠充裕的，自然可以去遠些環境又好些，即使天涯海角也在所不惜，預算不夠就連酒店都省，胡亂找個空間便算。坦白告訴你，我從來不迷信這一套，根本就不信。當靈感泉湧時，不管你在香格里拉或馬尼拉或孟加拉，在五星級酒店或在茶餐廳，都會如水銀瀉地一發不可收拾，否則住十晚世外桃源都只是交白卷。記得死鬼黃霑在生前說過，他很多的經典作品，都是在茅廁中想出來，這大概是他靈感的發源地，他說那首唱到街知巷聞的「上海灘」，便是在如廁中浪奔浪流間，只不過花了二十分鐘便作出來，就成了經典，可見靈感與環境和時間都無關。

從入行開始，不管是拍廣告拍電影，或做各種商業活動至商業企劃，我都參與過無數次的「震盪」，可惜我到今天都認為成效被過分渲染，「好橋」並不須要如此度出來。而「度橋」也無需要集體去創作，我相信每人的靈感來源沒有固定模式，好的創作人都有自己的方法去搜集靈感，啟發人和被啟發。當然，我也絕不介意被邀約，在水天一色的美景下，大家互動交流一些點子，藉「震盪」之名，嘆世界為實。

今次被邀請去「見識」的，地點是南崑山，是南亞熱帶森林中保存得比較完整和面積較大的一塊原始茂密森林，其實不太遠，像廣州的後花園，由廣州去車程不過約兩個半小時。南崑山是個較少人提及的避暑勝地，像北迴歸線上的綠洲，茂密森林，生態豐富，溪流清澈，環境確一流，空氣特別清新，聽說這裡的負離子濃度比聯合國潔淨空氣標準還高出七十三倍，是一個名副其實的「南粵大氧吧」，真是洗淨心肺，做到晨聽鳥啼，夜聆蛙鳴，還有很多各種類的小昆蟲在地上躺平休養生息。我粗看了些資料，原來南崑山是個蜻蜓王國，棲息着近二百種蜻蜓，原生蛙類有四百三十一種，南崑山就有三十一種，佔了中國的近十分之一，也是珠三角地區青蛙種類最豐富的地方。蜻蜓多，蛙多，蛇也多，南崑山的蛇類記錄有四十多種。

這個地方隱蔽在森林的角落，駕車要九曲十三彎才抵達目的地，幾年前友人已邀我去住幾晚，大力推薦這個地方。我必須承認這處有很好的自然環境，位於海拔五百米與雙溪會合的交匯處。它是由「山水蟲鳥林」組成的原生態環境。酒店房間超大，我入住那間房是複式大套房在上層，下層客廳，大露台有個大浴池對着山谷的落日斜陽，無邊的泳池遙望山巒綿亙，森林茂密，是真實的大自然環境。聽說還有漫舍空間、書房文化空間、禪悟修心空間和自然靈性空間等一大堆空間，但我懷疑究竟有沒有人真的需要這麼多的靜修？

在金色的黃昏，斜陽映照遠山浮，我在周邊行了一遍，環境是無話可說，幽靜的山谷，碧水分流青山兩側，一座設計獨特的竹橋橫跨清澗之上，聞說世界只建了兩座竹橋，其中之一就在這裡，複雜的結構以細長的竹子組成。懸掛在峭壁上的無邊際泳池和溫泉池被原始森林所覆蓋的山脈包裹着。每棟別墅均設有帶淋浴的高山溫泉浴和可欣賞風景的陽台。躺在浴池可遙望黑夜的繁星，早上打開窗戶又見到滿滿的田園風光。可以觀雲海看日出晚望星空，是多麼理想的山居生活，應該很適合我這慵懶之旅。

不過我有點感觸，今天內地很多大酒店確已做得似模似樣，可惜大部分仍然只停留在硬件，始終在軟件上是不能達標。像這間看上去像不錯的大套房，收價差不多要四千人仔，從哪個角度看都不算便宜，但卻輸在質感、細節和服務，一些基本的設備都沒有做好，房內唯一的三頭插是插不進，洗手盆竟漏水，弄得我一腳濕，熨斗要叫了兩小時後才送來還沒有熨板，而要求的萬能插始終失去蹤影……這些都是不能犯的低級錯誤，最要命是我在 Check out 時竟發現有小強，還有那溫泉是有異味，我才不會泡，令我大失所望。

我很奇怪這麼有級數的度假酒店，而食物質素竟然如此平凡，那天酒店的伙食實在太普通，幸而附近有頗多打着農家菜的小館可供覓食，南崑山從前很多農戶，賣農家菜順理成章。有農戶自然到處有自由活動的走地雞，所以沿途我已留意到很多農家菜小餐館都標榜自家走地雞，更有很多做法，燒雞、蒸雞到白切雞悉從尊便，聽說當地最美味是「三黃鬍鬚雞」，我反而錯過了，還有鴨子、客家土豬肉等菜式，在如此美好的生態環境下，農家自種的瓜菜更不要錯過。所以山野自磨豆腐、觀音菜、南崑竹筍以及客家釀豆腐我都沒放過。當地觀音菜屬於石蒜的一種，生長在山溪邊，是南崑山獨有的土產素菜。有些竹筒菜、竹筒牛肉、竹筒肉丸，甚至有竹筒黃鱔飯都很有特色。還有當地的河鮮，因有原始的河流溪澗，自然有很多活鮮，我試過紫蘇炒山坑螺和山坑魚仔，都異常鮮美。

近幾年像類似的度假酒店多若春筍，間間都叫響口說他們那間最好，我去過多間都不外如是，客氣點說，是仍有很大的進步空間，如講老實話，就要看跟誰比較，如以為是「安縵」或「星野」的級數，我只可坦白說，是望塵莫及。且看看創業三十年的AMAN（安縵），從一開始就走出自己的風格，總是選在世界上最具特色的景點開設，找頂尖的設計大師合作。一直走低調奢華氣質路線，並提倡極致「在地文化」，有超高標準的服務質素，例如客房不超過五十間，5:1的員工和顧客的比例，有別於一般的豪華酒店，安縵住的不只是享受，而是一種天然的溫馨，含蓄內斂和低調才是主題。這種氣質是經過歲月雕琢，不是一朝一夕建立出來，我見過行內無數的Copy cat，他們都想成為另一間安縵，結果到頭來只是東施效顰，變得不倫不類，可見有些東西並非你想學就學到，例如「氣質」和「細節」。

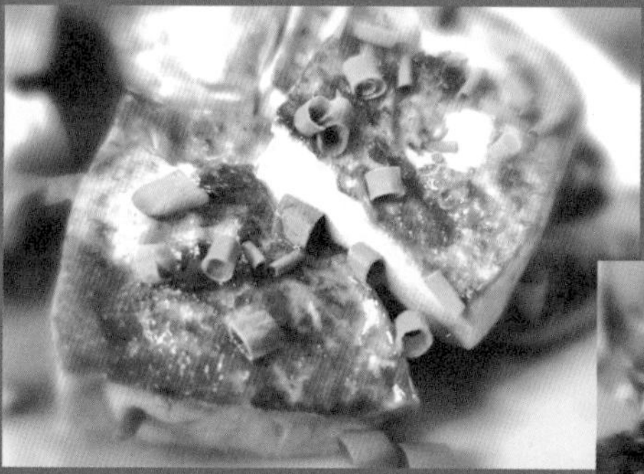

山野自磨豆腐

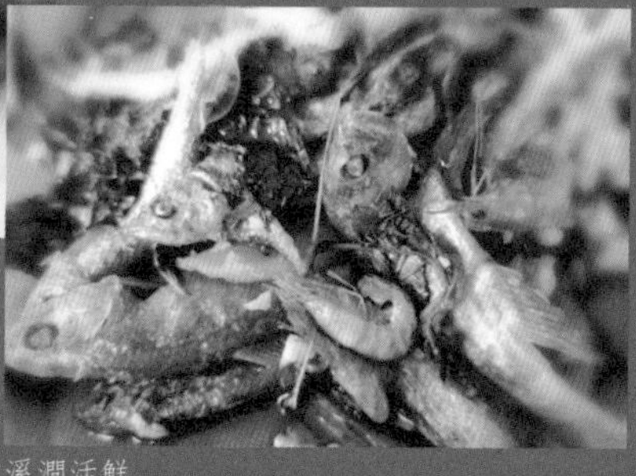

溪澗活鮮

深山的廢屋

隱在深山的廢屋

節日前，一位老朋友邀我到他家晚飯敘舊，這位朋友是我們年輕時在美國認識，那時他還是設計學院的學生，轉瞬幾十年，已成為資深的室內設計師，營運自己的設計師樓，專替大酒店做室內設計及工程，這麼多年只做幾間大酒店，已養得他家肥屋潤。我們一年只聚幾次，都是風花雪月，幾十年來從不談公事。那晚，我們竟破例促膝談了個晚上，他誠意邀我參與一些項目，說希望有機會合作做一些有意思的項目，大有相逢恨晚之感，我回贈他一句，切勿噏交收場。

事源他看上間百年大屋，其實是他一位供應商的家鄉祖屋，已經荒廢很多年，家族早已離鄉別井往外發展，家人很少回鄉，也不知如何處理這大屋，這麼多年只閒置着養雞，那些雞真好命，自來自往大把糧草昆蟲任吃，過着頤養天年的生活。那後人不忍心拆掉老父的心血，只希望找人替他想辦法，最好能改造成有意思的建築。我朋友想帶我去看實際環境，也許可建議些新點子，如果將之變成為隱世桃源，總好過廢置。如是者我被他哄上賊船，兩天共花了十六多小時的來回車程，只為看看這間屋及周邊環境，招呼吃了頓頗特色的農家菜。我們一夥人大清早由深圳出發，要先去茂名市的酒店落腳，再開車到目的地，茂名瀕臨南中國海，地處廣東省西南部，對我來說，等於天涯海角，是個頗陌生的地方。

這間遠在深山的大屋，真可用來隱世，要迂迴經過些小村落才抵達，有點不見人煙，很奇怪當時是怎樣蓋出來，及怎麼選在這「山旮旯」蓋建，有點耐人尋味，也許這就是故事的空間。當晚我已心中有數，不只是改造間屋，而是要改造整個村落。這座大屋連着幾間小屋另有農倉雞場，以中式為主體建築帶點嶺南風格，也有些西洋建築為點綴，佔地頗廣，光大屋已有三千多平方米，周邊環境其實不差，有山有水有竹林，還有大片農田土地可供發揮。屋中軸是個大天井，前後廳兩側廂房，主體兩層有騎樓，結合大石條、青磚木石結構，有百多間房，這屋已上百年歷史，聽後人說，當年的交通極不便四野荒蕪，要自蓋磚瓦窯燒磚，招大班工人自行蓋建，結果一蓋長達十年才完成。

屋主是華僑，自少漂洋過海到南洋捱苦工，終於出人頭地衣錦還鄉，就像五邑的金山伯，在金山發達後便想回鄉蓋房子，這華僑不惜人力物力財力去蓋了這間大屋原意給家族後人享用，但蓋建成只住了一會，便要返回南洋再沒回來，最後終老異鄉。這大屋是中外古建築的完美結合體，是歸僑眷戀故土的象徵，更是屋主留給後人的一份記憶。茂名地區有不少類似具有保護價值的古建築，絕大多數因為沒有人居住，加上當地有關部門缺乏維護意識，很多屋基本上都變成了危房，說要改造更新又談何容易？

屋主知我饞嘴，實地考察後，當晚特別安排了頓極豐富的農家菜，都是在田林就地取材，現採現摘的時蔬做小菜，如蒜蓉炒麥菜、上湯桑葉、蒸蜜汁芋頭番薯、炸釀豆腐等，較特別是炆狗豆，又叫狗爪豆，是南方鄉野間一種不起眼的野菜，豆莢長約八至十公分，外身顏色為暗淡的草綠色，長滿細細的灰色柔毛。因果實（豆莢）形似狗爪而得名，這菜有毒性，要懂清理消毒，故又叫「植物河豚」，鮮摘的狗爪豆要先用開水煮熟，煮出的水是黑色的，撈出來後再用清水泡一兩次，要經常更換清水。等到泡出來的水不黑才可煮來吃，這是客家人飯桌上一道寶貝佳餚。當地人說用狗爪豆炆狗肉，更是妙不可言，他們認為吃狗肉，不能少了狗爪豆，要不就不算真正吃過狗肉，大概他們當是回春補品。我首次嚐這道菜，當地人告訴我這狗爪豆曬乾後收藏很值錢，藏的時間越長，補腎、祛濕的功效越大，補腎補腰有不可言喻之功效，越舊越貴有點像陳皮，你不妨自己試。此外還有春砂仁蒸排骨，要用小火慢蒸，蒸好打開蓋鍋，清香的砂仁香味撲鼻而來。炆生腸花生煲、紙包豬尾骨、椒鹽蜂蛹等等大堆名堂共廿多款菜式，是非常地道豐富的農家菜。

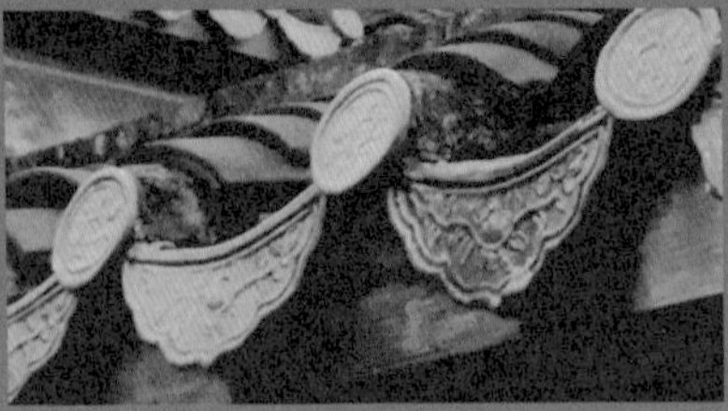

還有一道主人家特別囑咐我，為免嚇怕人別張揚出去的菜叫「竹鼠扣」，是吃竹的鼠。印象中一些少數民族，比如傣族和布朗族都喜歡吃這類熟鼠，竹鼠在西雙版納的叢林隨處可見。當地人在抓到後，先退毛清理內臟，放些配料入味，然後燒烤BBQ。主人家解釋此處的竹鼠，並非野生而是來自養殖場專供食用，主要食物是竹子，因愛吃竹子而得名，有很高的藥用價值，當地人當食補品。作為一種食物，竹鼠食性較乾淨，竹鼠扣的肉質精瘦鮮嫩，滋味鮮美，蛋白質含量豐富，營養價值很高，除紅燒外還可以用來煲湯，當地視之為美食。大家還以為在食羊腩煲，我為免掃興製造恐慌故沒拆穿，自己基於好奇，淺嚐幾口算了。多謝熱誠招呼的人準備這麼多菜式，也多謝他們食完才告訴我這個有毒那個有毒，還有那名叫羊的鼠，要多謝主人家只給我獨家消息，我最後告訴他這程序有些問題，應該在事前通知而不是在事後。

吃鄉村菜自然少不了走地雞，當地最有名的放養走地雞叫「益智雞」，這名稱我聽上去有點反智，但於深山處自然放養長時間養足二百五十日，雞質純香真的雞有雞味且具嚼勁，有如此優厚放養條件確別具滋味，農家菜勝在新鮮有天然真味，有其吸引之處，如由我去策劃，必將特色的農家菜和農莊民宿等結合，栽種一些特別農作，再創做一個令人驚喜的環境，其實是要改造整個村落，這才會有點意思，但我心知肚明，即使構想多美，也需要很好的配套，而我對執行力有保留。

看了這間廢置的大屋其實我有點感慨，因類似這樣的屋，散佈各地少說有萬萬千千。以前尤其是清末民初的華僑飄洋過海做苦工，當捱出頭小有成就都喜衣錦還鄉，紛紛從外洋帶錢攜物回鄉建大屋。少小離家特具有深厚的宗族觀念，更喜聚族而居，興建大房也不忘讓同氣連枝的兄弟叔孫都住上大宅新居。光是我回故鄉開平看到的碉樓，集中西建築藝術為一體的建築群，別具風格，始建於清初，大量興建於上世紀二、三十年代，目前尚存還有近二千座，已被聯合國教科文組織評定為世界文化遺產之一。這些碉樓都是與昔日飄洋過海，到美加謀生的華人有關，現在光是開平塘口鎮的自力村，尚有十五座風格各異、造型精美、內涵豐富的碉樓，是開平碉樓興盛時期的傑出代表作，我參觀過一些大型碉樓，每座背後都有故事。類似這種歸僑屋，我看過一些都嘆為觀止，很可惜大多都已廢置，即如這間天涯海角的大宅，如不重新整修規劃，給它一個新面目，就只不過是另一間廢屋，靜靜隱沒在深山中。

地道農家菜

首次回鄉祭祖

碉樓就讓子彈飛

過去幾十年，我除了接拍廣告做創意總監外，還有另一身份是做與丹寧相關的工作，一九九三年我替客戶創立個品牌，每年的春夏和秋冬都要為產品新系列操勞，客戶的廠房設在開平，佔地不少，R & D 及 Showroom 都在那處，所以我很多時要到開平工作，那可說是我其中一個工作室。說起來真可笑，我雖然去開平很多次，但始終沒有四處遊覽觀賞，更別說去逛街，每次來去匆匆，路程多是從酒店返廠，廠返酒店，然後司機送我返廣州東站直通車返港，沿途偶爾見到些碉樓，每次我都說下次想去參觀，要仔細看一看，司機好像慣了我這些回應，他也每次都懶洋洋地回答，司徒先生，其實碉樓群是在另一邊，你從未去過，下次你有空我車你去看。每次我聽完都失笑，要告訴自己，下次一定去好好的觀賞，碉樓不僅被評定為世界文化遺產，還有，開平是我的故鄉，而我竟從來沒有好好的看上一眼。

十幾年後，因家兄不幸過身，家鄉的學校有個紀念活動，家人着我做代表出席，這才算是正式首次回鄉，一位德高望重的長輩早安排連串活動，既參觀學校還去祭祖，也趁機帶我四處參觀，這麼多年後才認識故鄉，還有細嚐美味的家鄉菜。其中當然不會錯過聞名已久的碉樓和赤坎古鎮。

講開平不能不講碉樓，據知最早期的碉樓在明末清初已出現，當時主要是為了防洪，因開平地勢低窪，密佈河流，每逢有暴雨颱風，就湧現大量洪水。潭江是主要河道，曾試過大洪水，淹蓋很多房屋，村民慌忙逃生，及時登上碉樓而幸免於難，此後開平一帶開始大建碉樓。另一原因是治安問題，廣東在上世紀初軍閥割據兼土匪橫行，盜賊如毛，碉樓有助防盜，所以碉樓的結構都以堅固為主，要兼具防禦及居住功能。海外華僑居功至偉，除出資興建，更在外國搜羅入口建材，如英國的水泥、德國的鋼筋、鋼板等，令碉樓外牆堅實，部分更有鐵閘及鑲上鋼板的防彈窗戶，全部真材實料，高聳堅固的外牆，只能從內部反鎖的鐵門鐵窗，令等閒盜賊無從入手，碉樓頂層更可作瞭望放哨與反擊的射擊口，監察四周動靜，令等閒盜賊無從入手，結果一座座的碉樓庇護着鄉親僑眷躲過一次又一次危難。

這些碉樓由二十世紀二、三十年代間，如雨後春筍般拔地而建，全盛時共有三千多座，經過這麼多年，仍完整保存的還有一千八百三十三座。幾十年間一直零零散散，靜靜地躺在開平鄉間，已經被歲月遺忘，據說有次中央台無意中報導了這些隱蔽的歷史建築物，一查之下，揭露了這鮮為人知的事跡，原來碉樓的背後，有非同小可的歷史背景，就是華人飄洋過海到美洲的血淚史，美國的建鐵路採金鑛都是由這裡開始，這一發現立即成為重點保護文物，更因此被選為世界文化遺產。

除了傳統漂洋過海的華僑回來建碉樓外，也有移居港人建碉樓，如不久前離世的利孝和夫人陸雁群就有間碉樓。她的碉樓建於民國時期，但不是在開平而是在她故鄉中山崖口村，是一棟只有四層高、平面呈四邊形的磚混結構建築，面積約五十三平方米，青磚牆，花崗岩牆角，外牆覆蓋灰砂。門口有用中、英、日、韓等不同文字提示人們，碉樓建於中華民國時期，碉樓門口掛上「中山市不可移動文物」牌子，眼看手勿動。這裡是崖口村古建築密度最大的地方，可從一九二四年建設的敦和里鬧門進入，門前的武侯廟和瑤靈洞均建於清朝光緒年間，抬頭便見到這只高四層的民初建築，利孝和夫人是當地名人，到那處都是想一睹陸雁群碉樓，但論規模與格局都比不上開平的碉樓。

開平碉樓雖然得到肯定為世界文化遺產，但真正吸引大眾目光則要多得兩部大電影，二〇一〇年姜文導演，周潤發主演的《讓子彈飛》，和二〇一三年王家衛導演，梁朝偉演出的《一代宗師》，兩片將民初開平碉樓，和具明清風情的赤坎古鎮呈現世人眼前。碉樓獨特的建築風格，融合了無數外國元素，竟然有希臘式、羅馬式甚至哥德式等裝飾出現在碉樓上，華洋交集中西合璧，成為全國唯一風景。赤坎古鎮一排排的騎樓街，歐式的樓頂，及民初嶺南的遺風，使這歷史華僑之鄉倍添文化的深度。導演姜文從全國上百個候選場景中偏看上碉樓不無道理，正是因為那不經雕琢的歷史痕跡，正好融合百年的華洋混搭風情。還有碉樓固若金湯，但到處都見昔日彈痕纍纍，真的讓子彈橫飛。

現在仍保存完好的碉樓主要在自力村、馬降龍村、錦江里村一帶，每座村莊的碉樓各具特色，風格獨一無二。自力村更是開平碉樓最集中的一個地方，更樓、眾樓和居廬共有十五棟。附近丘陵起伏，農田成片阡陌縱橫，形成一道好風景。聞說當日在申報世界文化遺產工作時，要走進一座座早已荒廢、久未打開的碉樓，在大量舊物中，竟然還發現一批又一批遺落的家書、匯款單據等，數量可觀，正好用來考證這段被遺忘的歷史。

在芸芸碉樓中，有些更是豪華版，我參觀過幾個，規模很大，是更像個大莊園，如在塘口鎮北義鄉的立園就不容錯過，這是旅美華僑謝維立先生，於一九三六年歷時十多年修建而成的私家園林。莊園佔地三十多畝，園內建六棟別墅及一棟防禦性碉樓，集傳統園林、嶺南水鄉和西方建築風格於一體，園內分大花園、小花園和別墅區三大部分，有人工河、橋亭、迴廊等景觀連接，園中有園、景中有景，最特別是區內有一條私家運河，據說在危急時可以從

塘口鎮立園

房子裡通過密道進入運河逃命。此處花園裡也有個「鳥巢」和花藤亭，花藤亭鎖空的建築設計，來自民間的剪紙窗花藝術，別具心思。這位華僑採用大量海外建材，連抽水馬桶也是來路貨，百年前已有抽水馬桶這確非同小可，想起今天開平成為全國浴間設備的龍頭，完全有跡可尋。還有我發覺這大宅的大廚房是有專櫃窗口供出菜用，全屋很多細節，使我看得津津有味，還發現有輛粉紅色的大房車，可見真是個大戶人家，是開平版的「唐頓莊園」。

相對於碉樓，我對赤坎古鎮更有感覺，可能碉樓零散各處，要看完一個再看另一個頗花時間，赤坎就是個古鎮，有個完整的環境面貌，感覺很不一樣。赤坎古鎮建於清朝順治年，超過三百五十年歷史，鎮內現存有六百多座樓，大部分是在上世紀初興建，三公里長綿延特色騎樓屋依水而建，像一道道井然有序的屏風。赤坎是沿潭江而建，潭江是開平主要河流，橫貫全鎮，南岸是鄉村，北岸是市鎮，全是騎樓屋，看出很有小嶺南特色風格，但同時又混合着各種洋風，有深厚的文化底蘊，既保留最原始的民初海派建築，又因華僑親友聚居，深受西洋文化影響，華僑衣錦還鄉建屋，將西方建築風格與中式結合。這些建築物有如置身於古今中外時空交疊的建築藝術長廊，綜合中西方不同風格流派，又有不同的宗教元素，都在古鎮騎樓街和開平碉樓上展現出來，成為全國獨一無二別樹一幟的建築物。

那天接近傍晚叫司機特載我去古鎮探個究竟，古鎮雖然仍有六百間騎樓屋，但很多住戶早已搬走，只零落住了些散戶，我下車那段路的騎樓屋十室九空，懷疑根本全空置着。一縷斜陽將整個古鎮更立體地呈現，在一個四處無人的街道上瀏覽，令我想起一部很經典的西部片 *High Noon*，像那槍手走入一個無人的小鎮滿是荒涼。不過，當我再仔細端詳兩旁的騎樓屋，古建築保存得頗完整，各式各樣的店鋪清晰可見，那些騎樓窗花，老式的廣告牌，食店攤檔，各種古建築與老街互相結合，遊走其中仿佛置身昔日的興盛繁華，熙來攘往熱鬧氣氛撲面而來。活生生一幅東西合璧的清明上河圖，回想在百年前，在廣東這片隱蔽鄉間，竟然有這麼洋化的建築群及生活空間，實在匪夷所思。目前這古鎮已在重新規劃中，聽說要成為旅遊點，我希望下次重臨，千萬別變成影視城或另一個「主題公園」。正如某大人物說，舊茶壺之所以珍貴，是因為有舊茶漬，如果將舊茶漬洗去，這茶壺就沒甚麼價值了。

赤坎古鎮

代表家人出席紀念活動

赤坎古鎮歷史建築

鳴謝

王澤、邱秀堂
馬龍、方舒眉
楊凡
鄧達智
李安
張家振
樊家俊
杜佩珊
溫紹倫
曹志豪
Teddy Robin
Eric Yeung@Rolling Productions
Chan Wai Hong / Jane Kong (Toronto)
Raymond Cheung/ Clarence Cheung /Teresa (Toronto)
Richard Wong (San Francisco)
Connie Wong (San Francisco)

Jack and Sally Dumaup (San Jose)

Justine Emma Szeto (Los Angeles)

Take Nishina (Tokyo)

Nancy Li (Paris)

Eddie So

Claudia Ng

Bonnie Lee

Sam Jor

MACHOW Coffee

Carmen Tian

Paul Chau@Tess

Anson Lee @Tess

Joe Leung@Berlin Optical

Aron fotografie system / Ariom Leung

Veselka Enterprises /Jason Birchard (New York)

懐石・近又 / 鵜飼治二（京都）

Takoume たこ梅 / 岡田哲生（大阪）

回顧許多旅途上的片段，
像拼圖一塊一塊去組合，
成為人生的光影。
旅行是要你帶着靈魂和夢想上旅途，
你需要更多的內心，
好像將曾經失去的自己再找回來。

責任編輯　羅文懿
圖片編輯　李安
封面設計　Art Direction / William Szeto
Photography / Aron fotografie system, Ariom Leung
書籍設計　屠悲行

書名　旅途的味道
著者　司徒衛鏞

出版　三聯書店（香港）有限公司
香港北角英皇道四九九號
北角工業大廈二十樓
Joint Publishing (H.K.) Co., Ltd.
20/F., North Point Industrial Building,
499 King's Road, North Point, Hong Kong

香港發行　香港聯合書刊物流有限公司
香港新界荃灣德士古道
二二〇至二四八號十六樓
印刷　美雅印刷製本有限公司
香港九龍觀塘榮業街六號四樓A室
版次　二〇二二年七月香港第一版第一次印刷
規格　特十六開（150mm × 218mm）二八八面
國際書號　ISBN 978-962-04-5023-5

© 2022 Joint Publishing (H.K.) Co., Ltd.
Published & Printed in Hong Kong

三聯書店
http://jointpublishing.com

JPBooks.Plus
http://jpbooks.plus